Bianca

D0887395

SEDUCCIÓN
ABRASADORA
Melanie Milburne

Editado por Harlequin Ibérica.
Una división de HarperCollins Ibérica, S.A.
Núñez de Balboa, 56
28001 Madrid

© 2018 Melanie Milburne
© 2019 Harlequin Ibérica, una división de HarperCollins Ibérica, S.A.
Seducción abrasadora, n.º 2680 - 6.2.19
Título original: Blackmailed into the Marriage Bed
Publicada originalmente por Harlequin Enterprises, Ltd.

I.S.B.N.: 978-84-1307-365-1
Depósito legal: M-39157-2018
Impresión en CPI (Barcelona)
Fecha impresion para Argentina: 5.8.19
Distribuidor exclusivo para España: LOGISTA
Distribuidor para México: Distibuidora Intermex, S.A. de C.V.
Distribuidores para Argentina: Interior, DGP, S.A. Alvarado 2118.
Cap. Fed./Buenos Aires y Gran Buenos Aires, VACCARO HNOS.

Capítulo 1

PARA Ailsa solo había una cosa peor que ver a Vinn Gagliardi después de casi dos años de separación, y era que la hicieran esperar.

Y esperar, y esperar, y esperar.

No un par de minutos. No diez o quince minutos, ni veinte minutos. Llevaba una hora fingiendo leer las revistas que la joven y despampanante recepcionista de Vinn había dejado encima de la mesa de centro para que se entretuviera. Bebió un café exquisito y agua mineral con infusión de limón. Ignoró el cuenco con caramelos de menta y, en vez de chupar caramelos, se mordió las uñas.

Por supuesto, Vinn la estaba haciendo esperar a posta. Se le imaginaba sentado detrás de su escritorio entretenido haciendo bosquejos de muebles y disfrutando de la tortura que sabía estaba infligiéndole a ella con la espera.

Ailsa cerró los párpados con fuerza y trató de erradicar de su mente la boca de él sonriendo. ¡Qué boca! Lo que esa boca la hacía sentir. Las partes de su cuerpo que esa boca había besado y acariciado...

«No, no, no. No debo pensar en su boca». Llevaba veintidós meses repitiéndose lo mismo. Ya lo había superado. Ya había terminado con él. Ya no

tenía nada que ver con Vinn Gagliardi, había sido
decisión suya.

—Ya puede pasar a ver al señor Gagliardi —la voz
de la recepcionista la sacó de su ensimismamiento
y, al mismo tiempo, el corazón comenzó a marti-
llearle el pecho.

No debería estar tan nerviosa, no tenía motivos
para estarlo. Tenía todo el derecho del mundo a hablar
con él; sobre todo, teniendo en cuenta que se trataba
de un asunto que concernía a su hermano menor.

Aunque... quizá no debiera haber tomado un avión
a Milán sin pedir una cita antes; pero había ido a
Florencia a ver a unos clientes y estaba allí cuando
su hermano, Isaac, la llamó para decirle que Vinn iba
a patrocinar su carrera deportiva. Y, por supuesto, no
estaba dispuesta a irse del país sin exigir explicacio-
nes a Vinn, cara a cara, sobre el motivo por el que iba
a poner dinero para hacer realidad el sueño de Isaac
de convertirse en jugador de golf profesional.

Ailsa se levantó del sofá de cuero, se alisó la
falda, se colgó el bolso del hombro y, con la otra
mano, tiró de la pequeña maleta con ruedas en dirección a la puerta del despacho de Vinn.

¿Por qué Vinn no había salido personalmente a
recibirla? ¿Por qué la estaba obligando a llamar a la
puerta cerrada? Había sido su esposo. Se habían
acostado juntos. Lo habían compartido todo.

Bueno, no todo...

Ailsa ignoró una punzada de remordimiento.
Los matrimonios no tenían por qué compartir todos
y cada uno de sus secretos, cada uno de los detalles
de su vida anterior; sobre todo, un matrimonio como

el suyo con Vinn. Había sido una unión basada en el sexo, no en el amor. Se había casado con él consciente de que Vinn no la quería, pensando que lo mucho que la deseaba sería suficiente. Pero Vinn había exigido de ella algo más que permitirle que la exhibiera en público. Mucho más. Más de lo que ella había estado dispuesta a dar.

Ailsa estaba segura de que Vinn no le había revelado todo respecto a su pasado. Vinn siempre se había mostrado reacio a hablar del encarcelamiento de su padre por fraude y de las repercusiones que ello había tenido para el negocio familiar. Al final, había renunciado a seguir presionándole al respecto, consciente de que no iba a conseguir nada. Ella misma tenía un secreto que no estaba dispuesta a revelar.

Delante de la puerta, Ailsa enderezó los hombros como si se estuviera preparando para una batalla. Y de ninguna manera iba a rebajarse a llamar a la puerta y esperar a que él le diera permiso para entrar. Respiró hondo, giró el pomo de la puerta y abrió.

Ailsa encontró a Vinn de espaldas a ella, de cara a la ventana, hablando por teléfono. Vinn apenas volvió la cabeza para lanzarle una mirada y, con un gesto de la mano, le indicó una de las sillas situadas delante de su escritorio y continuó con su conversación telefónica.

Un profundo dolor se le agarró al pecho. ¿Cómo podía Vinn ignorarla de esa manera después de tanto tiempo sin verla? ¿Acaso no había significado nada para él?

Vinn estaba hablando en italiano y Ailsa trató de no prestar atención porque siempre la había excitado oírle hablar en su lengua materna. Y también en inglés. Sospechaba que Vinn, hablara en el idioma que hablase, siempre la excitaría.

Mientras él conversaba, Ailsa le observó con disimulo; al menos, esperaba que él no lo notara. Cuando Vinn se movía, podía verle mejor el rostro. Pero no era suficiente, quería mirarle a los ojos, ver si notaba en ellos alguna huella de cicatrices causadas por su fracasada relación.

¿Y Vinn, por qué no la miraba? ¿No podía mostrar un mínimo interés en ella? Aunque no era vanidosa, sabía que tenía buen aspecto, se gastaba mucho dinero en ello. Se había comprado ropa de diseño para la cita con sus clientes, había ido a la peluquería y había dedicado mucho tiempo al maquillaje. Su buen aspecto físico compensaba lo mal que se sentía por dentro.

Vinn movió el ratón de su ordenador y continuó con la conversación telefónica. Y Ailsa se preguntó si no debería haberse puesto algo con más escote para demostrarle lo que se estaba perdiendo.

Vinn seguía tan guapo como siempre. Su pelo negro, ni corto ni largo, ni liso ni rizado, le recordó los tiempos en los que enredaba esas hebras con sus dedos durante extraordinarios encuentros sexuales. Aunque iba afeitado, se acordó de esa barba incipiente que había raspado su suave piel, dejando marcas en su rostro, en sus pechos, entre las piernas...

Ailsa contuvo un estremecimiento e, ignorando la silla que él le había indicado, lanzó a Vinn una gélida mirada y dijo:

–Quiero hablar contigo. Ya –pronunció enfati-zando el «ya».

Las comisuras de los labios de Vinn se movie-ron, como si estuviera conteniendo una sonrisa. En-tonces, tras unos segundos, acabó su conversación telefónica y puso el teléfono encima del escritorio con meticulosa precisión.

–Si hubieras pedido una cita, como hace todo el mundo, no tendrías que haber esperado para hablar conmigo.

–Yo no soy todo el mundo –Ailsa le lanzó una furiosa mirada–. Yo soy tu esposa.

Un sombrío brillo asomó a los oscuros ojos cas-taños de Vinn.

–¿Se te olvida que pronto vas a ser mi ex?

¿Significaba eso que Vinn, por fin, iba a firmar los papeles del divorcio? Como se habían casado en Inglaterra, la ruptura de su matrimonio debía some-terse a las leyes de divorcio inglesas, que estable-cían que una pareja debía permanecer dos años se-parada antes de formalizar el divorcio. De haberse casado en Italia, ya podrían haberse divorciado, debido a que las leyes italianas sobre el divorcio solo requerían un año de separación.

–Puede que esto te sorprenda, Vinn, pero no he venido a verte para hablar del divorcio.

–Entonces, ¿a qué has venido? –Vinn lanzó una mirada a la maleta de ella y sus ojos volvieron a brillar–. Ya, quieres volver conmigo.

Ailsa apretó con fuerza el asa de la maleta.

–No, no quiero volver contigo. He venido para hablar de mi hermano. Isaac me ha dicho que le has

ofrecido patrocinarle para que participe en el circuito internacional de golf del año que viene.

—Sí, así es.

—Pero... ¿por qué?

—¿Por qué? —Vinn arqueó las cejas como si la
pregunta le resultara absurda, como si le pareciera
una imbecilidad que ella hubiera preguntado semejante cosa—. Porque Isaac me lo ha pedido, por eso.

—¿Isaac... te lo ha pedido? —Ailsa se quedó bo-
quiabierta—. No es eso lo que Isaac me ha contado
—Ailsa respiró hondo, soltó el asa de la maleta y
agarró el respaldo de la silla situada delante del
escritorio de Vinn—. Lo que me ha contado es que tú
le habías dicho que ibas a patrocinarle, pero con
ciertas condiciones. Condiciones que me implica-
ban a mí.

La expresión de Vinn, burlona hasta ese momento, se transformó en una máscara.

—Siéntate y hablaremos de ello.

Ailsa se sentó, pero no porque él se lo hubiera
ordenado, sino porque le temblaban las piernas.
¿Por qué Isaac la había hecho creer que había sido
Vinn quien le había propuesto patrocinarle? ¿Por
qué su hermano se había mostrado tan insensible y
tan dispuesto a permitir que Vinn volviera a formar
parte de su vida? El hecho de que Vinn se fuera a
ver involucrado en la carrera de Isaac como jugador
de golf significaba que ella no podría evitarle, como
había hecho durante los dos últimos años.

Tenía que evitarle a toda costa.

No le quedaba más remedio.

No se fiaba de sí misma cuando estaba cerca de

Vinn. Con él, se convertía en otra persona, una persona con las ilusiones y los sueños de cualquier persona normal, una persona sin un horrible secreto a sus espaldas. Un secreto que ni siquiera su hermano conocía.

Su medio hermano.

Ailsa tenía quince años cuando descubrió quién era su padre natural. Hasta entonces había creído, igual que todo el mundo, que Michael, en realidad su padrastro, era su padre. Durante los primeros quince años de su vida esa mentira había mantenido unida a la familia; bueno, «unida» podía ser una exageración. Sus padres, aunque eran personas decentes y respetables por separado, no habían sido felices juntos; en su opinión, se debía a que no habían hecho el esfuerzo suficiente por llevarse bien.

En ningún momento se le había ocurrido pensar que había sido culpa suya. Sin embargo, había sido la mentira respecto a ella lo que les había hecho tan infelices. Pero después de descubrir que su padre biológico era otro y de enterarse de las circunstancias en las que había sido concebida, llegó a comprender las diferencias entre sus padres.

Ailsa tiró del borde de la falda para cubrirse los muslos y respiró hondo para calmarse, pero tuvo la desgracia de desviar la mirada hacia una fotografía con un marco de plata que Vinn tenía sobre el escritorio. ¿Por qué conservaba esa foto? Ella le había dado el marco después de su matrimonio, era la foto preferida de su boda, los dos sonreían en primer plano; de fondo, una puesta de sol. Le había dado la foto en un intento por engañarse a sí misma, por querer creer que su unión era real, no un matrimonio que a Vinn le convenía porque quería una esposa hermosa con la que adornar su casa.

Ailsa se había aferrado a la esperanza de que Vinn acabaría enamorándose de ella. ¿Qué esposa no quería que su apuesto marido la amase?

Había cometido un grave error al creer que se conformaría con ser la mujer de Vinn, con compartir su cama, con formar parte de su vida. Pero no había dejado de soñar con que él le abriera su corazón, con ser la primera persona en la que él pensaba al despertar y la última que tenía en mente al dormirse. No obstante, Vinn no la había valorado, ella no había sido lo más importante para él. Vinn no la amaba, nunca la había amado y nunca la amaría. Vinn era incapaz de amar.

Vinn se acopló en su asiento, cruzó una pierna sobre la otra, el tobillo sobre uno de sus musculosos muslos, y la miró fijamente.

–Tienes buen aspecto, *cara.*

–No me llames eso –dijo Ailsa poniéndose tensa.

Vinn sonrió, parecía hacerle gracia verla enfadada.

–Sigues teniendo el mismo mal genio de siempre.

–Normal, me pasa siempre contigo –respondió Ailsa–. ¿Cómo puedo estar segura de que no has sido tú quien le ha metido a Isaac esa idea en la cabeza? ¿Cuántas veces te has puesto en contacto con él desde nuestra separación?

–Mi relación con tu hermano no tiene nada que ver con mi relación contigo –declaró Vinn.

–Tú y yo ya no tenemos una relación, Vinn.

–¿Y de quién es la culpa? –la mirada de él se tornó dura.

Ailsa se esforzó por contener la ira, pero era casi imposible.

–Nunca llegamos a tener una relación. Te casaste conmigo por motivos que no tienen nada que ver con una buena relación. Te casaste conmigo porque querías una esposa a la que pudieras exhibir en público, una esposa que se comportara como las de los años cincuenta mientras tú te dedicabas a tus negocios y despreciabas mi carrera profesional como si no tuviera que ser importante para mí.

Vinn apretó los labios; aparentemente, él también estaba haciendo un esfuerzo por contener la ira.

–Y esa carrera tuya, ¿te está permitiendo mantenerte? ¿O te has buscado un amante para ese menester?

Ailsa alzó la barbilla.

–Mi vida privada ya no es asunto tuyo.

–Isaac me ha dicho que no has salido con nadie desde la separación.

Ailsa iba a estrangular a su hermano menor. Le iba a atar al sofá y le iba a obligar a ver películas de dibujos animados en vez de canales deportivos de televisión. Le iba a tirar los palos de golf. Le iba a meter por la boca comida basura en vez de esos productos de cultivo orgánico que su dietista le recomendaba que tomara.

–Bueno, él no sabe nada de eso –contestó Ailsa con una deliberada y provocativa mirada.

–Será mejor que te olvides de los amantes que

puedas haber conseguido, tengo planes para ti durante los tres próximos meses.

«¿Planes? ¿Qué planes?», se preguntó ella al tiempo que se le aceleraba el pulso.

–¿Qué? Deja que te recuerde, Vinn, que ya no puedes planificar mi vida. No, ya no. Soy dueña de mi vida y tú no tienes ningún derecho sobre mí.

Vinn se la quedó mirando y a ella se le erizó el vello. Fue entonces cuando, por casualidad, se fijó en el anillo de boda que Vinn llevaba en la mano izquierda. Le dio un vuelco el corazón. ¿Por qué Vinn seguía llevando el anillo?

–Isaac no conseguirá participar en un circuito profesional sin un patrocinador –declaró él tras un prolongado momento–. El incidente en aquel club en el que se vio metido el año pasado ha tenido repercusiones negativas para él, nadie está dispuesto a patrocinarle. Solo puede contar conmigo. Soy la única persona que le puede dar esa oportunidad.

Ailsa tragó saliva. Dicho incidente en el club no solo podía haber acabado con las perspectivas profesionales de su hermano, sino también con la vida de una persona. Los amigos con los que salía desde el colegio solían meterse en líos e Isaac siempre estaba en medio de todo; no porque se dejara llevar, sino porque no se daba cuenta de los posibles problemas hasta que no era demasiado tarde. Ese era el motivo de que hubiera recurrido a Vinn. Pero, si participaba en un circuito profesional de golf, se alejaría de esos amigos que ejercían una mala influencia en él.

–¿Por qué me involucras a mí en esto? Si quieres patrocinar a Isaac, hazlo, pero déjame al margen.

Vinn sacudió la cabeza lentamente.

–Las cosas no son así, *cara*. El único motivo por el que estoy dispuesto a patrocinarle eres tú. Tú eres la razón de que lo haga.

Ailsa parpadeó. ¿Podía estar equivocada respecto a Vinn? ¿Se había casado con ella porque la amaba, no por satisfacer la necesidad de ir por ahí con una esposa hermosa colgada del brazo? ¿Era por eso por lo que aún llevaba puesto el anillo de boda?

No, imposible, Vinn no la había amado nunca. Jamás le había dicho que la quería, aunque ella tampoco a él. No lo había hecho porque no había querido sentirse tan vulnerable, tan débil, en su relación con él. No había querido darle más poder sobre ella del que Vinn ya había tenido. El poder que había ejercido sobre su cuerpo era suficiente, más que suficiente.

Vinn la había arrollado y la había introducido en su vida; al principio, en apariencia, había aceptado la decisión de ella de no tener hijos; pero después, al cabo de unos meses de estar casados, había cambiado de opinión. O quizá no hubiera cambiado de opinión, quizá hubiera confiado en su capacidad de someterla a sus deseos.

Pero no lo había conseguido.

Ailsa lanzó otra mirada a la foto.

–¿Es eso lo que creo que es?

Vinn giró el marco para que pudiera ver aquella foto de su boda. Su matrimonio ni siquiera había durado un año. Once meses y trece días para ser exactos.

Vinn, al final, había declarado su deseo de tener un

hijo, una familia que continuara la dinastía Gagliardi. Ella habría acabado siendo una mujer con solo una misión, tener hijos; su carrera profesional se habría ido al traste, mientras el negocio de Vinn iba viento en popa.

Sin embargo, su misión en la vida no era tener hijos, sino su carrera como diseñadora de interiores. Se había sacrificado mucho por conseguirlo. Ni se le había pasado por la cabeza tener hijos. Además, había muchas incógnitas respecto a su parentesco.

Ailsa tragó saliva y clavó los ojos en la oscura mirada de Vinn.

–¿Por qué tienes esa foto encima de la mesa de despacho?

Vinn giró la foto, de cara a él, con expresión inescrutable.

–Uno de los mejores consejos que he recibido es no olvidar nunca las equivocaciones cometidas en el pasado, aprender de ellas.

No era la primera vez que Ailsa se consideraba a sí misma una «equivocación». Desde que descubrió las circunstancias en las que había sido concebida, le costaba trabajo considerarse otra cosa. A la mayoría de los niños se les concebía en un acto de amor; ella, por el contrario, era producto de la fuerza bruta.

–¿Qué piensan tus nuevas amantes de esa foto?

–Hasta el momento no me ha causado problemas.

Ailsa no estaba segura de si Vinn había contestado o no a la pregunta. ¿Había querido decir que tenía varias amantes o que ninguna de ellas había estado en su despacho? ¿Se llevaba a sus nuevas amantes a otro lugar para no recordar las numerosas veces que a ella le había hecho el amor encima de ese escritorio? ¿No se quitaba el anillo de boda cuando hacía el amor con otras mujeres o lo hacía cuando le convenía?

Buscó en el rostro de Vinn alguna señal del tumulto emocional que ella estaba sintiendo, pero la expresión de él era de completa indiferencia.

–Bueno... ¿cuáles son esas condiciones que has mencionado? –preguntó ella.

–A mi abuelo le van a hacer un trasplante de hígado, se trata de una operación a vida o muerte –dijo Vinn–. El cirujano no garantiza que sobreviva a la operación, pero si no le intervienen morirá en cuestión de semanas.

–Lo siento mucho –contestó Ailsa–. No obstante, no veo qué tiene eso que ver con...

–Si muriese, y hay muchas probabilidades de que así sea, me gustaría que muriera en paz.

Ailsa era consciente de lo mucho que Vinn respetaba a su abuelo, Domenico Gagliardi, y de cómo este había ayudado a su nieto cuando el padre de Vinn estaba en prisión. A ella siempre le había caído bien Dom y, aunque le parecía algo austero e incluso altivo en algunas ocasiones, comprendía lo doloroso que sería para Vinn perder a su abuelo. A pesar de todo, seguía sin comprender qué tenía eso que ver con ella.

–Sé lo mucho que quieres a tu abuelo, Vinn. Ojalá pudiera hacer algo...

–Esa es la cuestión, puedes hacer algo –la interrumpió Vinn–. Quiero que nos reconciliemos hasta después de la operación de mi abuelo.

Ailsa le miró, los latidos del corazón le resonaron en los oídos.

–¿Qué?

–Me has oído perfectamente –Vinn apretó los labios, su expresión era de absoluta determinación, como si nada ni nadie pudiera hacerle cambiar de idea. Ni siquiera ella.

Ailsa se humedeció los labios. ¿Vinn quería que volviera con él? ¿En el papel de esposa? Abrió la boca y la cerró. Por fin, recuperó la voz.

–¿Te has vuelto loco?

–No, en absoluto. Estoy decidido a que mi abuelo pase por estos momentos tan difíciles sin ningún estrés añadido –declaró Vinn–. Mi abuelo es un hombre de principios que cree en la familia. Quiero respetar esos principios hasta que mi abuelo se recupere y salga de peligro. No voy a permitir que nada ni nadie obstaculice su recuperación.

Ailsa se puso en pie con tal brusquedad que la silla se tambaleó y estuvo a punto de caer.

–Nunca he oído nada tan disparatado. No puedes obligarme a volver contigo y hacer como si estos dos últimos años de separación no hubieran existido. No puedes obligarme a ello.

Vinn continuó sentado, con los ojos fijos en los de ella. La inmovilidad de él le provocó un vuelco en el estómago.

–Isaac tiene talento, pero sin mi ayuda no conseguirá nada –dijo él–. Si accedes a volver conmigo durante los tres próximos meses, me encargaré de cubrir todos los gastos de Isaac durante tres años.

Ailsa quería rechazar la oferta, necesitaba rechazarla. No obstante, si lo hacía, su hermano menor perdería la oportunidad de su vida. Pero... ¿cómo iba a volver con Vinn? Ya le resultaba difícil estar con él tres minutos, tres meses serían una tortura. Se colgó el bolso del hombro y agarró el asa de la maleta con fuerza.

–Me parece que se te está olvidando que trabajo en Londres. No puedes pedirme que lo deje todo para venir aquí.

–Podrías abrir aquí, en Milán, una sucursal temporalmente –dijo él–. Ya cuentas con algunos clientes italianos de buena posición, ¿no?

Ailsa frunció el ceño. ¿Cómo se había enterado él de que tenía clientes italianos? ¿Se lo había dicho Isaac? Lo dudaba, no solía hablar de su trabajo con él, su hermano hablaba de su propio trabajo, no del de ella. Isaac le hablaba constantemente de hacerse jugador de golf profesional, su sueño; hablaba del ejercicio que tenía que hacer, de lo frustrado que estaba de que sus padres no comprendieran lo importante que ese deporte era para él. Desde el divorcio, ninguno de sus padres tenía el dinero suficiente para ayudarle a llegar a donde él quería llegar. Ella había mencionado a Isaac que el motivo de ese viaje a Florencia era una reunión con una pareja que la había contratado para decorar una vieja casa de campo de cientos de años de antigüedad. Esos clientes habían ido a verla a su estudio, en Londres, les había gustado su trabajo y la habían contratado al momento.

—¿Cómo sabes eso?

Vinn esbozó una burlona sonrisa.

—Soy italiano. Tengo amigos y socios por todo el país.

La respuesta de Vinn despertó sus sospechas.

—¿Vas a decirme que tengo que darte las gracias por el encargo del matrimonio Capelli en Florencia? ¿Y también por el de los Ferrante en Roma?

—¿Por qué no iba a recomendarte? Tu trabajo es excelente.

Ailsa empequeñeció los ojos.

—Supongo que te refieres a mis habilidades como decoradora de interiores, no como esposa.

—Quizá se te dé mejor la segunda vez.

—No va a haber una segunda vez —declaró ella—. Conseguiste convencerme de que me casara contigo la primera vez, ¿crees que soy tan estúpida como para dejarme engañar otra vez?

Vinn apoyó la espalda en el respaldo de su butaca de cuero con indolente gracia, haciéndola pensar en un león a punto de saltar sobre su presa.

—No he dicho que, en esta segunda ocasión, vaya a ser un matrimonio en toda regla.

Ailsa no sabía si sentirse aliviada o insultada. Vinn parecía haberle dejado claro que ya no la encontraba atractiva; en el pasado, el sexo era lo único que les había unido. La química que existía entre ellos había sido innegable. Desde el primer beso, el cuerpo de ella había cobrado vida. Su primer orgasmo había sido con Vinn, solo con él lo había conseguido; y, después de él, no había habido ningún otro. Por eso, no comprendía por qué Vinn iba a renunciar al placer que podían procurarse mutuamente.

–¿Ese «en toda regla» significa que...?

–Significa que no nos vamos a acostar juntos.

–¿No? –le molestó la incertidumbre de su voz.

–Será de cara a la galería. Apareceremos juntos en público; en privado, cada uno dormirá en su habitación.

Ailsa no comprendía por qué se sentía tan dolida cuando, en realidad, no quería acostarse con él. Quizá su cuerpo sí, pero no su mente.

–Mira, Vinn, esta conversación no tiene sentido porque no voy a volver contigo, ni en público ni en privado ni en este siglo. ¿Entendido?

Él la miró con sosegada intensidad, haciéndola temblar.

–Una vez que hayan pasado tres meses, firmaré los papeles del divorcio.

Ailsa volvió a tragar saliva. Eso era lo que ella quería, un divorcio sencillo, sin complicaciones. Si se prestaba a ese juego, después de tres meses sería libre.

–Pero si pareciéramos estar viviendo juntos otra vez, según las leyes inglesas sobre el divorcio, sería como si no hubiéramos estado separados durante dos años y tendríamos que volver a empezar.

–Cierto que el divorcio se retrasará dos años más, pero eso solo sería un problema si quisieras volver a casarte en ese tiempo –Vinn guardó silencio unos segundos–. ¿Tienes pensado volver a casarte pronto?

Ailsa, con un esfuerzo, le sostuvo la mirada.

–Depende.

—¿De qué?

—De si encuentro a un hombre que me respete y me considere su igual en vez de querer convertirme en una coneja.

Vinn se levantó de su asiento y dio la impresión de estar a punto de perder los estribos.

—¡Por favor, Ailsa! Cuando mencioné el tema, fue un comentario, no una orden. Me pareció que, al menos, podíamos hablar de ello.

—Antes de casarnos, te dejé muy claro lo que opinaba sobre tener hijos —contestó ella—. Me hiciste creer que no te importaba no tenerlos; de lo contrario, nunca me habría casado contigo.

La expresión de él se tornó tormentosa.

—No conoces el significado de la palabra «compromiso», ¿verdad?

Ailsa lanzó una burlona carcajada.

—Tiene gracia que digas tú eso. Que yo recuerde, no te oí decir que estabas dispuesto a quedarte cuidando de los niños en casa mientras yo me iba a trabajar. Diste por supuesto que me dedicaría a pasearme por la casa con la tripa como un bombo mientras tú trabajabas, ¿verdad?

—Nunca he llegado a comprender por qué alguien con una familia tan buena y tan normal se negaría a formar la suya propia.

¿Normal? Superficialmente, sí lo era. Incluso después de la separación, su madre y su padrastro se habían esforzado por mantener una relación cordial; pero todo era una ilusión, la realidad era demasiado horrible, demasiado vergonzosa.

En cierto modo, Ailsa comprendía que su madre

y su padrastro le hubieran ocultado durante años que el amigo de un amigo, que al final había resultado ser un intruso que se había colado en una fiesta, había violado a su madre. La violación había dejado tan traumatizada a su madre que ni siquiera había acudido a la policía ni se lo había contado a su entonces novio, su padrastro, en un primer momento, lo había hecho cuando el embarazo había sido evidente. Su padrastro siempre se había opuesto a hacer pruebas de ADN, pero su madre había insistido en ello, había sentido la necesidad de saber quién era realmente el padre.

A los quince años, un día, Ailsa había salido del colegio antes de lo normal y, al llegar a casa, había oído a sus padres discutiendo en su habitación. Así se había enterado de la verdad sobre sus orígenes y, a partir de ese momento, la ilusión que había tenido hasta entonces de formar una familia y tener hijos se disipó en un instante.

Ailsa clavó los ojos en los de Vinn.

—A pesar de mi negativa de participar en esa farsa que me has propuesto, espero que patrocines a Isaac. Mi hermano te admira y sería un fuerte golpe para él...

—Así no es como hago negocios.

Ailsa alzó la barbilla.

—Y yo no permito que me chantajeen.

Se miraron a los ojos durante interminables segundos, como habían hecho en tantas discusiones en el pasado. Era raro, pero una de las cosas que más había echado de menos durante la separación eran esos enfrentamientos con él seguidos de una explosiva reconciliación en la cama. Se preguntó si Vinn no estaría pensando justo en eso, en lo apasionado y explosivo que había sido el sexo entre los dos. ¿Lo echaba Vinn de menos tanto como ella? ¿Se despertaba en mitad de la noche y alargaba la mano buscando el cuerpo de ella? ¿Sentía Vinn el vacío que sentía ella cuando descubría que ese otro lado de la cama estaba vacío?

No, porque, probablemente, Vinn siempre tenía compañía en su cama.

Ailsa estaba decidida a no ser ella la primera en apartar la mirada, a pesar de sentir que el valor la estaba abandonando. Los oscuros ojos de él despedían un brillo amargo, su boca parecía haber olvidado sonreír.

El teléfono sonó y, por fin, Vinn volvió el rostro para contestar.

–*Nonno*?

La conversación continuó en italiano, pero Ailsa no tuvo problemas en comprender lo que Vinn decía. Cuando él colgó, la miró como si no la viera, como si hubiera olvidado su presencia.

–¿Ocurre algo? ¿Tu abuelo...?

–Han encontrado a un donante –contestó él–. Creía que íbamos a disponer de más tiempo, al menos una o dos semanas, para prepararnos para la operación. Pero... van a operarle en cuestión de horas.

Vinn agarró las llaves del coche, que estaban encima de su mesa de despacho, y se puso la chaqueta del traje, que había dejado colgada del respaldo de la butaca.

–Siento tener que interrumpir esta conversación,

pero debo ir a verle antes de... que sea demasiado tarde –dijo él en tono distraído y con movimientos torpes.

Ailsa nunca había visto a Vinn tan confuso. Incluso cuando ella le anunció dos años atrás que le dejaba, Vinn no había mostrado ninguna emoción.

–No puedo decepcionarle –dijo Vinn como si hablara consigo mismo–. No puedo. Y menos ahora.

–¿Quieres que te acompañe? –preguntó Ailsa sin pensar–. Aún dispongo de unas horas antes de que salga mi avión, así que...

La expresión confusa de Vinn, de repente, cambió y se tornó de nuevo dura y fría.

–Si vienes conmigo será como mi esposa. Tú dirás si aceptas el trato o no.

Ailsa sabía que podía decir que sí verbalmente sin que eso la comprometiera a nada porque no había firmado ningún papel.

–Te acompañaré al hospital porque le tengo cariño a tu abuelo. Eso si crees que a tu abuelo le gustaría verme.

–Le gustaría verte –respondió Vinn, y se puso a rebuscar entre los papeles que tenía encima del escritorio.

Cuando encontró el papel que buscaba, lo separó y le pasó un bolígrafo a ella.

–Firma aquí.

Ailsa, sin aceptar el bolígrafo, le miró a los ojos.

–¿Tengo que firmar ahora mismo? Tu abuelo está...

–Firma.

Ailsa se preparó para un enfrentamiento. Ende-

rezó la espalda, apretó la mandíbula y sus ojos echa-
ron chispas.

–No voy a firmar nada sin leerlo antes.

–Maldita sea, Ailsa, no tengo tiempo –declaró
Vinn dando un puñetazo en la mesa–. Tengo que ir
a ver a mi abuelo. Confía en mí, ¿de acuerdo? Aunque solo sea por una vez en tu vida, confía en mí.
No puedo fallar a mi abuelo, no puedo. Depende de
mí, me necesita. Además de patrocinar a Isaac, te
pagaré diez millones.

Ailsa alzó las cejas con sorpresa.

–¿Diez... millones?

–Si no firmas en cinco segundos, no hay trato
–dijo Vinn con firmeza.

Ailsa agarró el bolígrafo, respiró hondo y ojeó
rápidamente el documento. Era un documento claro
y sencillo: Isaac conseguía tres años de patrocinio
y ella recibía diez millones al firmar. Aunque le
molestaba que Vinn utilizara el dinero para conseguir lo que quería, sabía que era el lenguaje de
Vinn. La lengua materna de Vinn no era el italiano,
sino el dinero. Bien, ella también podía aprender
ese lenguaje. Diez millones era mucho dinero.
Aunque su negocio marchaba bien, con esos diez
millones podía ampliarlo y operar en toda Europa.

Pero entonces se dio cuenta de que, una vez que
firmara el documento, quedaría atrapada: tendría
que pasar tres meses viviendo con Vinn. Necesitaba
tiempo para considerar el trato. En el pasado, había
cometido el error de casarse precipitadamente, sin
pensarlo.

Ailsa no firmó el documento.

–Necesito un par de días para pensármelo. Es mucho dinero y... necesito más tiempo.

El rostro de él se tornó impasible, lo que sorprendió a Ailsa, dado lo impaciente que Vinn se había mostrado apenas unos segundos antes. Aunque quizá se debiera a que estaba pensando en otra estrategia para conseguir su objetivo.

–Seguiremos hablando de esto cuando salgamos del hospital –Vinn puso un pisapapeles encima del documento, agarró la maleta de ella y salieron rápidamente del despacho.

Vinn explicó brevemente a Claudia, la recepcionista, lo que pasaba y esta le aseguró que se encargaría de todo hasta que él volviera a la oficina.

Ailsa sintió una punzada de celos al ver cómo la joven parecía perfectamente integrada en el negocio. También se preguntó qué había pasado con la recepcionista de antes, la que estaba allí cuando Vinn y ella vivían como matrimonio. A Vinn le gustaba verse rodeado de hermosas mujeres y Claudia era bellísima.

Ailsa esperó a estar ya en el coche de camino al hospital para sacar el tema.

–¿Qué pasó con la otra recepcionista, Rosa?

–La despedí.

Sorprendida, Ailsa abrió mucho los ojos. Le había parecido que la relación de él con Rosa, una mujer de mediana edad, había sido excelente. Con frecuencia, Vinn había comentado que Rosa era el alma del negocio y que estaría perdido sin ella. ¿Por qué demonios la había despedido?

–¿En serio? ¿Por qué?

–Se tomó ciertas libertades y la despedí. Fin de la historia.

–¿Qué libertades se tomó?

Vinn le lanzó una rápida mirada.

–¿Te importaría dejar esto para otro momento?

Ailsa se mordió los labios.

–Perdona. Sé que estás muy disgustado por lo de tu abuelo...

–Mi abuelo es todo lo que tengo –respondió Vinn tras un prolongado silencio–. Ahora no puedo perderle.

Ailsa quiso reconfortarle, ponerle la mano en el muslo como había hecho en el pasado, pero se contuvo porque sabía que Vinn la rechazaría.

–Aún tienes a tu padre, ¿no? –dijo ella.

–No –respondió Vinn al tiempo que cambiaba de marchas–. Mi padre murió en un accidente de coche. Iba borracho y no solo se mató él, también murió su última novia; además, causó graves lesiones a dos niños que iban en el coche contra el que se estrelló.

–Lo siento... No sabía nada –contestó ella.

Le dolía pensar que Vinn hubiera sufrido aquella pérdida solo y ella sin saberlo.

Vinn se encogió de hombros.

–Desde la muerte de mi madre, cuando yo era pequeño, la vida de mi padre estaba destinada a acabar en desastre. Mi madre era la única persona que conseguía darle estabilidad.

Ailsa casi nunca había oído a Vinn hablar de la muerte de su madre, era algo de lo que no hablaba. Lo que sí sabía era que la relación de Vinn con su padre se había enfriado mucho desde la condena del padre por fraude cuando Vinn era adolescente. El buen nombre y la reputación del negocio familiar de mobiliario hecho a mano había sufrido un duro golpe; sin embargo, Vinn, a base de sudor y lágrimas, había dado la vuelta a la situación y había convertido la empresa familiar en un negocio a escala mundial.

–Supongo que no todos conseguimos tener un padre modelo –dijo ella cuando llegaron a la entrada del hospital–. A los dos nos ha pasado lo mismo.

Vinn aparcó el coche y la miró con el ceño fruncido.

–¿Por qué has dicho eso? Tú tienes un padre estupendo. Michael es uno de los hombres más trabajadores y decentes que he conocido en mi vida.

Ailsa quiso que se la tragara la tierra. ¿Cómo había podido ser tan tonta?

–Sí, sí, lo sé. Sí, Michael es maravilloso. Incluso después del divorcio sigue esforzándose por...

–En ese caso, ¿a qué ha venido ese comentario? Aunque esté divorciado de tu madre, siempre será tu padre.

–Olvida lo que he dicho. No sé... en qué estaba pensando.

Tenía que tener cuidado con lo que decía delante de Vinn. Él la conocía mejor que nadie.

Vinn no sabía su secreto, pero... ¿cuánto tardaría en enterarse si decidía escarbar?

Capítulo 2

VINN no sabía qué era peor, si ver a Ailsa sin previo aviso o entrar en el hospital para ver a su abuelo quizá por última vez. No obstante, en cierto modo, llevaba tiempo temiendo perder a su abuelo antes o después.

Dos años atrás, el hecho de que Ailsa decidiera dejarle, le había asestado el golpe más duro de su vida. Era cierto que habían discutido de vez en cuando, pero... ¿qué pareja de recién casados no lo hacía?

Sin embargo, no se le había ocurrido pensar que ella iba a abandonarle. Le había dado todo lo que el dinero podía comprar. Le había ofrecido una vida de lujo y confort, tal y como correspondía a la esposa de un hombre de éxito. Quizá no la hubiera amado de la forma como la mayoría de las mujeres esperaban que sus esposos las amaran, pero Ailsa tampoco se había casado por amor. Les había unido su mutuo deseo sexual y había creído que Ailsa se daba por satisfecha con eso. Había supuesto que para Ailsa, como él creía que le ocurría a la mayoría de las mujeres, la seguridad económica era lo más importante, y eso sí había podido proporcionárselo. La seguridad económica no fallaba nunca, los sentimientos... sí. La gente fallaba.

Pero Ailsa se había negado rotundamente a hablar de la posibilidad de tener un hijo. Él sabía que para Ailsa era muy importante su carrera profesional, pero podía haber mostrado la suficiente madurez como para sentarse a hablar del tema como una persona adulta. Cuando se conocieron, él había dicho que no tenía interés en tener hijos porque, en ese momento, así había sido. Pero al cabo de unos meses de estar casados, su abuelo había enfermado del hígado y, durante una conversación con él en privado, le había hablado de su deseo de tener a un biznieto en sus brazos antes de morir. Había hablado como si considerara necesario que él proporcionara a la familia un heredero.

Vinn no cumpliría con su deber si no se aseguraba de que el negocio familiar pasara a una nueva generación.

Decepcionaría a la familia.

Sería un rotundo fracaso.

Después de que su padre hubiera decepcionado a la familia Gagliardi como había hecho, a Vinn se le habían clavado en el corazón las palabras de su abuelo. Le recordaban lo cerca que habían estado de perderlo todo por su padre. Él no se permitía fracasar en nada. Además, tenía que pensar en el futuro. ¿Quién se quedaría con tan vasta fortuna después de él?

Sin embargo, al sacar el tema a relucir con Ailsa, ella se había enfurecido, le había dejado y se había negado a comunicarse con él directamente, sino solo a través de sus abogados. Le había hecho fracasar, en su matrimonio. Y él iba a concederle el divorcio, por supuesto, pero cuando a él le conviniera. Ahora, tenía otra prioridad: conseguir que su abuelo sobreviviera a la operación.

Vinn contaba con el cariño que Ailsa sentía por su hermano para lograr que accediera a seguir su plan durante los próximos tres meses. Pero el hecho de que ella se hubiera presentado en su oficina de improviso le recordó el cuidado que tenía que tener cuando estaba con ella.

Ailsa tenía la habilidad de sorprenderle. Un ejemplo de ello era su negativa a firmar el acuerdo a pesar de haberle ofrecido diez millones de libras. No se le había pasado por la cabeza que Ailsa tuviera que pensarlo. No obstante, con las prisas de tener que ir al hospital de repente, Vinn le había permitido escapar sin firmar.

Nunca nadie le había hecho algo parecido. Nadie le presionaba. Nadie le manipulaba.

Todo lo que él emprendía resultaba un éxito. Sin embargo, su matrimonio con Ailsa había sido un fracaso. Un enorme fracaso. Y odiaba fracasar, lo odiaba profundamente. El fracaso le hacía sentirse incompetente.

Que Ailsa le dejara no solo le había afectado a él, sino también a su abuelo, cuya salud se había deteriorado desde la separación. Otro factor a tener en cuenta había sido la muerte de su padre; no obstante, en cierto modo, a su abuelo le había afectado más la separación de Ailsa y él que la muerte de su propio hijo. Su matrimonio con Ailsa, había sido una esperanza de futuro para su abuelo, la promesa de una nueva generación. Pero esa esperanza se había roto en pedazos el día en que Ailsa se marchó.

Últimamente, cerca de cumplirse los dos años de separación, Vinn había notado un visible deterioro en el estado de salud de su abuelo. Su abuelo era un hombre dedicado a la familia y había sido fiel a su esposa, Maria, hasta la muerte de esta cinco años atrás. Si conseguía convencer a su abuelo de que Ailsa y él habían vuelto juntos, la recuperación de su abuelo, al menos, no se vería afectada a causa del estrés que le causaría el inminente divorcio.

Además, en esa ocasión, Vinn controlaría la situación. No permitiría que Ailsa volviera a sorprenderle. Había puesto una fecha límite a su supuesta reconciliación y, por seguridad, había impuesto como condición que no hubiera relaciones sexuales entre ambos. Nada más ver a Ailsa entrar en su despacho había sentido pulsaciones en la entrepierna. De no haber estado hablando por teléfono con un empleado respecto a un problema en la fábrica, habría abrazado a Ailsa y la habría desafiado a negar la atracción que existía entre ambos, una atracción que siempre había estado ahí, desde el momento en que se conocieron en una exposición de muebles en París. Le atraía la belleza natural de ella, su largo y sedoso pelo rubio, su cremosa piel, su cuerpo de modelo y los cambios de color de sus ojos azules grisáceos según sus emociones.

Otra cosa que le había gustado de ella era que no se había dejado seducir fácilmente; sobre todo, teniendo en cuenta que, con su riqueza y posición social, las mujeres solían arrojarse a sus brazos.

Pero esa voluntad de hierro de ella que tanto le había gustado al principio, había sido justamente lo que había destruido su matrimonio. Ailsa había tomado una decisión y ya no había más que hablar.

Pero Vinn también tenía una voluntad de hierro e iba a demostrarlo durante los tres próximos meses.

Ailsa siguió a Vinn hasta la habitación privada en la que estaban preparando a Domenico para el trasplante.

Domenico estaba tumbado en una cama conectado a un sinfín de aparatos. Cuando Vinn se acercó a él, Domenico abrió los ojos y sonrió débilmente.

–Has conseguido llegar a tiempo.

Con ternura, Vinn tomó la mano de su abuelo y a Ailsa le conmovió el cariño que vio en la mirada de Vinn. ¿La había mirado a ella así alguna vez, como si fuera lo más importante del mundo en el momento? Le asaltaron sentimientos de culpabilidad por ocurrírsele pensar eso, pero... ¿cómo no desear que Vinn sintiera por ella algo más que deseo sexual?

–Sí, he llegado a tiempo –respondió Vinn–. Y mira quién ha venido conmigo.

Domenico volvió la cabeza y, al verla a ella, se le iluminaron los ojos.

–¡Ailsa! No puedo creerlo.

Ailsa se acercó al anciano y le puso una mano en el brazo.

–Hola, Dom.

A Domenico se le llenaron los ojos de agua y parpadeó varias veces en un esfuerzo por contener la emoción.

–Mi querida chica, no sabes lo que me alegra que hayas vuelto con Vinn. He rezado constantemente pidiendo que llegara este día.

«Que hayas vuelto con Vinn».

Esas palabras le recorrieron el cuerpo y enrojecieron sus mejillas. ¿Había dicho Vinn a su abuelo que estaban juntos otra vez? ¿Tan seguro había estado de que iba a firmar el trato? Se alegraba de no haberlo firmado, se alegraba enormemente. Vinn le había ofrecido diez millones de razones para firmarlo, había creído que podía comprarla con dinero.

Pero... ¿cómo decirle a Dom lo contrario a lo que quería oír? Aunque no hubiera firmado el contrato, ese pobre anciano iba a someterse a una operación de la que quizá no saliera vivo en cuestión de minutos. ¿Qué daño podía causarle a ella hacer feliz a Dom en ese momento?

Iba a seguirle el juego a Vinn para hacer feliz a ese anciano.

–Estoy aquí, Dom –movió la mano para colocarla encima de la de Vinn, que reposaba sobre la de su abuelo–. Los dos estamos aquí contigo. Juntos.

Dom ya no pudo contener las lágrimas y ella le ofreció un pañuelo de celulosa con ojos también humedecidos por la emoción.

–Si no salgo vivo de la operación, al menos sé

que habéis hecho las paces –dijo Dom con voz ahogada–. Estáis hechos el uno para el otro, me di cuenta de ello en el momento en que Vinn te trajo para que te conociera. Eres una mujer fuerte, Ailsa. Mi nieto es un hombre fuerte también, pero necesita a alguien como tú a su lado, alguien que sepa manejarle.

Ailsa, desde luego, estaba más que decidida a manejarle, iba a estrangularle por haberla obligado a formar parte de aquella farsa. Aunque no había firmado ningún papel, Vinn debía de haberse imaginado que ella no sería capaz de desilusionar a su enfermo abuelo. Vinn había manipulado sus sentimientos, conocía muy bien sus puntos débiles. Igual que había utilizado el cariño que sentía por su hermano para forzarla a someterse a su voluntad.

En ese momento, un celador se asomó a la puerta.

–Tenemos que llevarle ya a la sala de cirugía.

Vinn se inclinó para besar a su abuelo en la mejilla.

–Buena suerte, *nonno*. Estaremos aquí esperando a que salgas de la operación.

«Si consigues sobrevivir a la operación», pensó Ailsa, segura de hacerse eco de lo que a Vinn le pasaba por la cabeza en ese momento. Vinn había perdido a su madre de pequeño, había perdido a su abuela, la mujer que le había criado, cinco años atrás, y ahora cabía la posibilidad de que perdiera a su abuelo también. Un abuelo que, en cierto modo, había sido su verdadero padre.

A pesar de todas sus desavenencias, Ailsa sentía pena de Vinn, sabía lo mal que debía de estar pa-

sándolo. Aunque también sabía que, supuesta-
mente, no debería sentir nada por él. Iba a divorciarse de Vinn en poco tiempo.

Ailsa se agachó, dio un beso a Dom, le deseó
suerte y, al enderezarse, Vinn le rodeó la cintura
con un brazo y la atrajo hacia sí. A pesar de la ropa,
el contacto con él le encendió la piel de todo el
cuerpo. Vinn era mucho más alto que ella; a pesar
de los tacones, solo le llegaba al hombro. De pie
junto a él, se sentía sumamente femenina. La cálida
mano de él en su cadera, envió señales de fuego a
su sexo. Los pechos se le hincharon, como si pudieran recordar esas callosas manos acariciándolos,
pellizcándole los pezones...

Ailsa se zafó de él en el momento en que una
enfermera y otros tres empleados del servicio médico sacaron a Dom del cuarto. Entonces, ya a solas
con él, se volvió y, enfurecida, miró a Vinn a los
ojos.

—¿Le dijiste que estábamos juntos otra vez antes
de hablar conmigo?

La expresión de él mostró cierta irritación.

—No. Pero ha debido de llegar a esa conclusión
al verte conmigo —Vinn se pasó una mano por el
rostro—. Por cierto, gracias. Le has hecho feliz.

Ailsa movió los labios a un lado y a otro, una
costumbre que tenía desde pequeña, un gesto que
respondía a los momentos de estrés o a cuando se
quedaba pensativa.

—¿Qué va a pasar cuando salga de la operación?
Se dará cuenta de que las cosas no van bien entre tú
y yo. Aunque esté enfermo, no es tonto.

Los oscuros ojos de Vinn se clavaron en los suyos.

—Tendrás que hacer un esfuerzo, tendrás que hacerle creer que estás enamorada de mí.

Ailsa arqueó las cejas.

—¿No te parece que podrías enseñarme cómo hacerlo?

Vinn clavó los ojos en su boca y el estómago le dio un vuelco. Esa era la mirada que había puesto en marcha su lujuriosa relación. La mirada que encendía su pasión. Pero entonces, como si acabara de recordar que estaban en un hospital y alguien podía interrumpirles, Vinn desvió los ojos y volvió a fijarlos en los suyos.

—Estoy seguro de que lo harás muy bien una vez que cuentes con diez millones de libras en tu cuenta bancaria —Vinn se sacó el móvil del bolsillo y comenzó a teclear al tiempo que añadía—: Voy a hacer una transferencia a tu cuenta por un cuarto de esa cantidad y el resto te lo daré cuando firmes.

A Ailsa le enfureció que Vinn pensara que podía comprarla.

—Que pases diez millones a mi cuenta no va a cambiar el hecho de que te odie. Y, como ya te he dicho, no voy a firmar sin pensarlo bien antes.

Vinn levantó el rostro con expresión impenetrable.

—Ódiame todo lo que quieras, *cara*, siempre y cuando, de cara a la galería, des la impresión de ser una esposa feliz; de lo contrario, atente a las consecuencias.

—No te pongas machista conmigo, Vinn. No te

servirá de nada –le advirtió ella apretando los dientes.

Vinn esbozó una sonrisa indolente, como si el enfrentamiento le divirtiera. Se acercó a ella y le alzó la barbilla con un dedo.

Ailsa sabía que debía apartarse de ese hombre, pero su cuerpo parecía haber entrado en trance. Los ojos de Vinn eran tan oscuros que apenas se podía distinguir el iris de la pupila.

–Estás deseando pelearte conmigo, ¿verdad, tesoro mío? No obstante, ya sabes cómo acaban siempre nuestras peleas, ¿no? En la cama, tú clavándome las uñas en la espalda mientras tienes un orgasmo tras otro.

Ailsa sintió el sonrojo de sus mejillas. ¿Cómo se atrevía Vinn a recordarle el completo abandono con el que se entregaba a él cuando estaba en sus brazos? Vinn la transformaba en un animal, un animal salvaje al que solo él podía satisfacer.

Necesitaba alejarse de Vinn para poder pensar, era imperativo.

–Ni en sueños, Vinn. Y ahora, si no te importa, tengo que ir al baño.

–Hay un baño aquí, en la habitación –Vinn señaló la puerta del baño de la habitación de su abuelo–. Me quedaré aquí esperándote.

Ailsa le dedicó una tensa sonrisa.

–Por extraño que te parezca teniendo en cuenta nuestra relación en el pasado, me gustaría tener algo de intimidad. Prefiero utilizar el baño público que hay en el pasillo.

Ailsa logró escapar de la habitación sin volver a

rozarse con él, no sin antes ver que Vinn volvía a teclear en su móvil.

Ailsa recorrió el pasillo sin entrar en el servicio y tomó el ascensor. Había dejado la maleta en el coche de Vinn, pero al menos llevaba el pasaporte en el bolso. Fue entonces cuando comenzó a examinar las opciones que tenía. Si volvía a Londres, Vinn no patrocinaría a Isaac. Vinn siempre cumplía lo que decía, tenía una voluntad de hierro. La única vez que ella se había salido con la suya había sido cuando le dejó.

Pero, en realidad, no se había salido con la suya.

Hacía casi dos años que le había dejado; pero, en el fondo, había albergado la esperanza de que Vinn fuera a buscarla, a rogarle que volviera con él.

Pero Vinn no había ido en pos de ella, ni siquiera le había llamado por teléfono. Lo que parecía demostrar lo poco que ella le importaba. No, Vinn no había movido un dedo para intentar salvar su matrimonio.

Era de esperar, los hombres como Vinn Gagliardi no suplicaban, daban órdenes y todo el mundo obedecía.

Las puertas del ascensor se abrieron y Ailsa, saliendo, dirigió la mirada hacia la entrada. ¿Podría atravesar esas puertas con la esperanza de que Vinn, a pesar de ello, decidiera patrocinar a Isaac?

Pero fue entonces cuando notó un grupo de gente fuera, delante de la entrada del hospital, y se le encogió el corazón. Paparazzi. ¿Habían ido allí porque alguien famoso estaba visitando el hospital? Solo le llevó unos segundos darse cuenta de que ella era la persona famosa. ¿Por qué no se le había ocurrido pensar que Vinn se pondría en contacto con los medios de comunicación para anunciar su supuesta reconciliación? Vinn siempre se le adelantaba. Era como si pudiera leerle el pensamiento. Aunque no había firmado ese estúpido documento, daba igual, Vinn había previsto un plan B y un plan C y quién sabe cuántos más.

Uno de los reporteros miró en su dirección, la vio, dijo algo a sus compañeros y, en grupo, entraron en el hospital.

Ailsa se volvió y pulsó la tecla del ascensor, pero estaba en la cuarta planta. Se dirigió al siguiente y, justo en el momento en que dio al botón, las puertas se abrieron y se encontró delante de Vinn.

Él le tomó la mano y entrelazó el brazo con el de ella.

–Nuestra primera conferencia de prensa –declaró él–. Te agradezco que me acompañes.

Ailsa no tuvo más remedio que sonreír forzadamente a los periodistas. La conversación tuvo lugar en italiano principalmente, por lo que solo pudo entender algunas palabras, pero quedó claro que los de la prensa estaban encantados de oír que la esposa fugitiva había vuelto con el multimillonario diseñador de muebles Vinn Gagliardi.

–Un beso para las cámaras –dijo uno de los periodistas en inglés.

El corazón le galopó al pensar en Vinn uniendo su boca con la suya, pero él alzó una mano.

–Por favor, respeten nuestra intimidad. Es un día muy difícil para ambos, mi abuelo está en la sala de operaciones, se trata de una cirugía a vida o muerte. *Grazie*.

Y los periodistas les hicieron un pasillo para permitirles salir del hospital.

Lo que Ailsa no comprendía, a pesar de la gravedad de la situación, era por qué Vinn no había aprovechado la oportunidad para besarla. ¿Había hablado en serio en la oficina al decir que nada de sexo? ¿Significaba eso que Vinn tenía una amante? Vinn era un hombre con un saludable apetito sexual. No solo saludable, sino voraz. Vinn tenía treinta y cinco años, estaba en el momento álgido de su vida.

Vinn la condujo hasta el coche y, en silencio, la ayudó a acomodarse. Ailsa sabía que estaba enfadado. Y, cuando Vinn se sentó al volante, le lanzó una mirada asesina.

–Puede que no hayas firmado el documento, pero le has dicho a mi abuelo que has vuelto conmigo. Si intentas escapar otra vez, no solo no patrocinaré a Isaac, sino que me aseguraré de que nadie más lo haga. ¿Queda claro?

A Ailsa le habría gustado tirarle el documento a la cara, junto con los diez millones de libras. Le habría encantado quemar esos billetes. Pero el cariño que sentía por su hermano era mayor que el odio que sentía por Vinn. Mucho mayor. Lo que era preocupante, ya que necesitaba detestar a Vinn con todo su corazón para poderse sentir segura. No obstante, ¿cómo podía lograr estar a salvo de Vinn?

–Aunque consigas chantajearme, aunque consigas que viva contigo durante tres meses, siempre te odiaré. Ni diez millones, ni veinte... ni cincuenta cambiarán nada.

—Si pensara que vales cincuenta millones los pagaría —declaró él con crueldad.

Por el rabillo del ojo le vio abrir y cerrar las manos alrededor del volante del coche. El aire se hizo denso, parecía faltar oxígeno en el interior del vehículo.

Ailsa tenía ganas de llorar, lo que le molestaba enormemente, no era llorona. Ella era una luchadora. Si le golpeaban, devolvía los golpes y siempre ocultaba su vulnerabilidad. Controlaba sus emociones, sus debilidades. Lo hacía desde pequeña, su madre siempre se había mostrado reacia a que la tocara o la abrazara, a pesar de ser única hija.

Ailsa volvió el rostro y miró por la ventanilla. La gente entraba y salía del hospital, gente que estaba allí por distintos motivos: nacimientos, muertes, enfermedades, convalecencias... Tristeza, contento, esperanza, sentimiento de pérdida y todo lo demás.

Vinn lanzó un suspiro y la miró.

—Perdona. He dicho una barbaridad.

—¿Una barbaridad? —Ailsa no estaba dispuesta a perdonarle tan fácilmente. Vinn le había hecho daño, mucho daño—. Sin embargo, es verdad. No valgo nada para ti. De hecho, me sorprende que me hayas ofrecido diez millones.

Vinn, entonces, le puso una mano en la nuca con ternura.

—Pagaría lo que fuera por conseguir que mi abuelo saliera bien de la operación. No podría soportar perderle, todavía no.

«Pero pudiste soportar perderme a mí», quiso decir Ailsa. Por supuesto, se mordió la lengua.

—Le quieres mucho, ¿verdad?

Vinn comenzó a acariciarle la nuca, la cabeza, y a ella le tembló el cuerpo.

—Es la única persona que me queda de la familia.

—¿No tienes primos y tíos y...?

Vinn emitió un sonido despectivo.

—Salieron corriendo cuando el fraude de mi padre se hizo público. No me interesa la gente que solo te acompaña en los buenos tiempos.

Ailsa no se había dado cuenta hasta ese momento de lo solo que estaba Vinn. Había conocido a muchos Gagliardi en la boda, aunque algunos habían rechazado la invitación a la ceremonia debido a la mala reputación del padre de Vinn; sin embargo, a él no parecía haberle afectado. Pero ¿dónde estaban ahora, ese día en que el abuelo de Vinn se enfrentaba a una cirugía a vida o muerte? ¿Acaso nadie se había ofrecido para acompañar a Vinn en esos momentos tan difíciles? ¿Quiénes eran sus amigos íntimos ahora? Ella había conocido a algunos socios de Vinn, pero no recordaba haber conocido a ningún amigo íntimo de Vinn, él parecía mantener las distancias con la gente.

Y eso ella lo sabía muy bien.

A pesar de haber tenido relaciones íntimas con Vinn y de haber vivido con él durante casi un año, Vinn seguía siendo un enigma.

Ailsa le miró a los ojos y fue su perdición. No tenía nada urgente que hacer en Londres. Sus planes eran pasar una semana o dos sin acudir al estudio, trabajar desde casa en diseños para algunos clientes. No iba a perjudicarle en nada retrasar el vuelo un día o dos, hasta ver qué pasaba con Dom. Y, si hubiera algo urgente, su ayudante, Brooke, se encargaría de ello.

–¿Cuándo vas a saber si tu abuelo va a recuperarse o no? Podría quedarme en un hotel uno o dos días... hasta que decida qué voy a hacer respecto al trato.

¿Le concedería Vinn ese tiempo? Un día o dos no era mucho...

Vinn continuó acariciándole la cabeza y ella se sintió cada vez más confusa.

–No sé si es que no te fías de mí o la cuestión es que no te fías de nadie –dijo Vinn con voz aterciopelada.

El cuerpo de Vinn, a escasos centímetros del de ella, era como un imán atrayéndola inexorablemente hacia él. Sintió los labios secos, pero no se atrevió a humedecérselos con la lengua porque sabía que Vinn lo interpretaría como una señal para que la besara.

Maldición. Sí, eso quería, quería que la besara. Lo deseaba con toda su alma. Pero no iba a permitir que él lo supiera. Iba a recuperar el control, no a acabar de perderlo. Miró la boca de él. ¿Por qué Vinn tenía una boca tan bonita? Marcada y firme; al mismo tiempo, sumamente sensual.

Ailsa alzó la barbilla y le miró a los ojos.

–¿Crees que todavía te deseo? –lanzó una falsa carcajada–. Tienes un ego desmesurado. No siento nada por ti. Nada en absoluto.

A Vinn se le oscurecieron los ojos y una sonrisa burlona asomó a su semblante mientras continuaba jugueteando con su cabello. Ella sintió como si le bajara lava por el cuerpo para acumularse en su entrepierna. Vinn la miró a los ojos, a la boca, a los ojos otra vez, como si estuviera decidiendo si besarla o no. Los labios de ella temblaron, a la espera. El cuerpo entero le vibraba con un primitivo anhelo que no podía ignorar ni negar.

Entonces, súbitamente, Vinn se apartó de ella, su expresión era inescrutable.

—Alguien quiere aparcar aquí, será mejor que nos pongamos en marcha.

Ailsa había olvidado completamente que estaban aún en el aparcamiento del hospital. Pero era normal, cuando estaba con Vinn se olvidaba de todo lo demás. Incluso del hecho de que él se hubiera casado con ella solo porque era una mujer apropiada para su estatus social, nada más. Pensar que Vinn aún la deseaba era una estupidez. Quizá la deseara físicamente, pero eso era algo corriente en un hombre. Los hombres podían separar lo físico de lo emocional con mayor facilidad que las mujeres.

Vinn nunca había estado unido a ella emocionalmente. Y ella había sido una estúpida al aceptar la situación. Vinn le había propuesto el matrimonio, pero solo por haber sido la primera mujer que se le había resistido. La había considerado un desafío, una conquista; le había puesto un anillo en el dedo y, con una boda espectacular, la había mostrado como uno más de sus éxitos. A pesar de haber sabido desde el primer momento que Vinn no la amaba, se había conformado con lo mucho que la deseaba. Le había parecido suficiente porque, hasta ese momento, nadie la había hecho sentirse así.

Deseada. Necesitada. Como si fuera irreemplazable.

Pero de haber sido irreemplazable, ¿no debería haber intentado Vinn conservarla? La había dejado marchar sin rechistar. Cierto que había obstaculizado el proceso de divorcio, pero solo se debía a un asunto relativo al acuerdo prematrimonial. Dicho acuerdo prematrimonial era otra prueba más de la clase de matrimonio que era el suyo. En su momento, no le había dado importancia y había firmado el documento, acallando las dudas que hubiera podido tener.

Ahora, sin embargo, era consciente del cuidado que tenía que tener con Vinn.

Capítulo 3

VINN salió del aparcamiento del hospital sintiendo un nudo en el estómago. Debería haberse quedado allí, esperando a que su abuelo saliera de la sala de operaciones. Pero sabía que la cirugía duraría horas y, después, más horas en la Unidad de Cuidados Intensivos.

Si sobrevivía a la operación.

Odiaba los hospitales. Tenía cuatro años cuando su madre ingresó en un hospital para someterse a una cirugía sencilla; sin embargo, al salir el médico de la sala de operaciones para hablar con su padre, se había dado cuenta de que algo malo había ocurrido. Jamás olvidaría la cara de su padre en ese momento. Sin embargo, su padre le había mentido, le había dicho que todo estaba bien y que su *mamma* volvería a casa al cabo de unos días. Aquella había sido la primera de las muchas mentiras de su padre durante los días siguientes al suceso. Al final, fueron sus abuelos quienes, interviniendo, le habían contado la verdad.

¿Qué habría sido de él sin su abuelo? Tanto en los momentos buenos como en los malos, siempre había podido contar con su abuelo. Él siempre le había apoyado y no había permitido que los censurables actos de su padre le afectaran.

Y, cuando su padre murió, dos días después de que Ailsa le abandonara, y las familias de las víctimas de su padre exigieron retribución, su abuelo, a pesar del dolor por la pérdida de su hijo, le había mostrado su apoyo en todo momento.

En cierto modo, la muerte de su padre había mitigado el dolor que Ailsa le había causado al abandonarle. Tardó semanas, casi un mes, en darse cuenta de que ella no iba a volver. Se había imaginado que le llamaría al cabo de unos días para decirle que lo sentía y para hacer las paces. Ailsa había sido dada a enfados y rabietas, que se le pasaban al cabo de un tiempo para volver todo a la normalidad.

Pero nada había vuelto a la normalidad porque ella no había regresado.

No había recibido ninguna llamada telefónica de Ailsa.

Vinn no la había llamado para comunicarle el fallecimiento de su padre; no había tenido motivos para hacerlo, Ailsa nunca le había visto, ya que él apenas había mantenido el contacto con su padre.

Pero eso ya no importaba, Ailsa había vuelto. Y él se iba a asegurar de que, cuando Ailsa se fuera por segunda vez, sería según las condiciones que él impusiera, no ella. E iba a obligarla a firmar el documento costara lo que costase.

En contra de lo que había supuesto Ailsa, que Vinn iba a llevarla a un hotel, le vio tomar el camino que conducía a su villa, situada en el elegante distrito de Magenta. Presa de un súbito pánico, o quizá no fuera pánico, le lanzó una mirada interrogante. Se negó a reconocer que lo que sentía pudiera ser excitación, no tenía derecho a excitarse cuando estaba con él. Ese aspecto de su relación había acabado, estaba muerto y enterrado.

—He dicho que me quedaría en un hotel, no en tu casa contigo.

—No digas tonterías. ¿Qué crees que dirán los medios de comunicación al enterarse de que te hospedas en un hotel después de haber anunciado nuestra reconciliación? —dijo él—. Mi abuelo podría enterarse. Así que vas a quedarte en mi casa, conmigo. Es lo más sensato.

«¿Sensato?» Estar con Vinn no tenía nada de sensato, y mucho menos a solas con él en su villa. Aunque, por supuesto, no estarían completamente solos, ya que Vinn tenía un ama de llaves y dos jardineros.

Aunque ella se había criado en el seno de una familia acomodada, no podía compararse con la riqueza que Vinn había acumulado. Una de las cosas que más le habían hecho disfrutar durante su breve matrimonio había sido que él la hubiera permitido decorar la villa. El proyecto había sido suyo exclusivamente, uno de los mayores de su carrera profesional, y le había encantado aprovechar esa oportunidad para hacer resplandecer el viejo encanto del lugar.

Por supuesto, Carlotta, la anciana ama de llaves de Vinn, había interferido constantemente y no había dejado de quejarse de los cambios. Pero, al final, Ailsa, ignorando los comentarios de Carlotta, había hecho lo que quería. Era el trabajo del que más se enorgullecía y, aunque había retirado las fotos de su página de Internet, no pasaba un día sin que pensara en el cariño y el trabajo que había invertido en esa hermosa y antigua construcción.

¿La había vuelto a cambiar Vinn? ¿Había borrado las huellas de ella? ¿Había despojado su casa de la influencia de ella? ¿Había eliminado todo rastro de la presencia de ella en su vida? La posibilidad de que Vinn hubiera deshecho su trabajo le comprimió el pecho.

Fue entonces cuando pensó en la habitación que había desencadenado su ruptura. La habitación que a Vinn le había parecido apropiada para ser el cuarto de su primer hijo. Al principio, Ailsa había pensado que se trataba de una broma. Pero, día tras día, Vinn había seguido insistiendo, hasta el punto de hacerla taparse los oídos.

Su intención había sido convertir esa habitación, con baño privado y una zona de estar junto a la ventana, en un cuarto de invitados.

Al final, había cerrado la puerta de la habitación, sin decorar, y había dejado a Vinn.

–Sigues siendo el Vinn de siempre –dijo Ailsa al tiempo que le lanzaba una mirada asesina–. Dándome órdenes como si fuera una niña. Pero creo que se te olvida una cosa: no he firmado ningún papel. Y solo voy a quedarme aquí un par de días más como mucho.

Vinn respiró hondo, como si le costara controlarse.

—¿Crees que sería posible que pasáramos veinticuatro horas sin discutir? No estoy de humor.

Ailsa guardó silencio hasta que llegaron a la villa. Cuando él la ayudó a salir del coche y la condujo a la puerta de la casa, ella, asaltada por los recuerdos, sintió que se le comprimía el pecho y que le costaba respirar. El día que volvieron del viaje de luna de miel, Vinn había cruzado esa puerta con ella en brazos. Durante los primeros meses, habían hecho el amor en todas y cada una de las habitaciones de la casa. Se habían besado en los umbrales de las puertas. Se habían tocado y se habían acariciado. Y esa casa también era el lugar en el que habían tenido su primera pelea y... la última.

Vinn abrió la puerta principal y, en silencio, con un gesto, la invitó a entrar. Ailsa, al pasar por su lado, olió ese aroma a limón y a madera de la loción para después de afeitar que Vinn utilizaba y que a ella le evocaba un oscuro y profundo bosque.

Al entrar en el vestíbulo, le dio la impresión de viajar en el tiempo. Todo seguía igual: los colores que ella había elegido, el mobiliario, las lámparas, los adornos... eran los mismos. ¿Ocurriría eso con el resto de las estancias de la villa?

Ailsa se volvió y le miró.

—Me imaginaba que cambiarías todo lo que yo hice.

Vinn se encogió de hombros.

—La verdad es que no tenía ganas de molestarme en eso.

—¿Siguen igual las habitaciones del resto de la casa?

–Sí, claro. Me costó una fortuna el cambio, no estaba dispuesto a desperdiciar más dinero solo porque a mi esposa se le hubiera antojado marcharse.

Ailsa se encolerizó.

–Creía que nos gastamos «nuestro dinero». ¡Estábamos casados! Además, yo también puse bastante dinero de mi bolsillo; pero, al contrario que a ti, a mí no me importa compartir lo que tengo.

Los ojos de él se endurecieron.

–No fui yo quien olvidó que estábamos casados, Ailsa. Fuiste tú.

Ailsa soltó de golpe el aire que había estado conteniendo y dio rienda suelta a su ira.

–¿Por qué siempre tiene que ser todo culpa mía? ¿No crees que tú también jugaste un papel en todo eso? Cambiaste las reglas del juego, igual que has hecho hoy. Ignoraste mi opinión y hoy has hecho oídos sordos a lo que te he dicho. Has intentado obligarme a firmar un documento y luego me has traído aquí a pesar de que te he dicho que quería ir a un hotel. Tú no escuchas a nadie, Vinn, nunca lo has hecho. Haces lo que te da la gana y al demonio con lo que piensen los demás. De esa manera, los matrimonios no funcionan.

–Ya te he explicado por qué te he traído aquí –respondió él con expresión fría.

–Sí, pero no lo has discutido conmigo, has ignorado lo que yo pudiera opinar –contestó ella–. Te has puesto al volante del coche y me has traído aquí sin preguntarme si me parecía bien.

Vinn alzó los ojos al cielo como si rogara que una deidad le diera paciencia.

–Está bien, vamos a hablar de ello –Vinn se cruzó de brazos–. Vamos, habla. Dime por qué quieres quedarte en un hotel.

«Porque, cuando estoy contigo, no me fío de mí misma. Porque eres el hombre más atractivo que he conocido nunca y apenas puedo contenerme para no tocarte».

Pero Ailsa adoptó una expresión impasible y contestó:

–Prefiero tener mi propio espacio, me he acostumbrado a ello durante los últimos veintidós meses.

Vinn la miró a los ojos y pareció ver la falsedad de sus palabras en ellos. Después, clavó la mirada en su boca y a ella le hormigueó el estómago.

–No me digas... –pronunció él en tono de burla.

Ailsa, por hacer algo, se colocó un mechón de pelo detrás de la oreja. ¿Por qué se sentía tan débil cuando estaba con él? Era como si su cuerpo y su mente se separaran.

–Sí, así es –insistió ella–. No te he echado de menos en absoluto. Nada. De hecho, ha sido todo lo contrario... ¡Eh! ¿Qué haces?

De repente, Vinn la agarró por las caderas y la atrajo hacia sí, pelvis contra pelvis, sexo contra sexo. Varón contra hembra. Clavó los ojos en los suyos y la hizo temblar.

–No sabes mentir –dijo él.

Vinn alzó una mano y se la puso en la mejilla, comenzó a acariciársela con la yema del pulgar y una corriente eléctrica la atravesó. Ella se preguntó dónde estaba su fuerza de voluntad... porque nada en el mundo la haría apartarse de él en esos momentos.

Nadie la había abrazado durante los últimos veintidós meses.

Nadie.

Ailsa anhelaba que la acariciaran. Deseaba con todas sus fuerzas aplastarse contra el cuerpo de Vinn, sentir el calor de su piel en la suya, sentir esa boca con sus eróticas promesas.

Luchó contra el deseo de cerrar los ojos e inclinarse sobre el duro ardor de ese cuerpo tentador. La pasión le corría por las venas y se había apoderado de todas y cada una de las células de su cuerpo.

—No estoy mintiendo —le avergonzó cómo su tono de voz había traicionado las palabras que acababa de pronunciar.

Vinn, sonriendo burlonamente, enredó sus dedos en el cabello de ella y aproximó los labios a los suyos. El aliento de ambos se mezcló, recordándole los momentos de intimidad compartidos en el pasado. Una intimidad que anhelaba como una adicta a una droga de la que se había visto privada durante demasiado tiempo. Porque Vinn era justo eso, una droga, potente, con la capacidad de consumirla.

Ailsa sabía que debía apartarse de él, pero no podía. Consiguió ponerle las manos en el pecho, pero en vez de empujarle, acabó agarrándole la camisa.

—¿Crees que sigo deseándote? —dijo Ailsa en un tono que, en vez de ser burlón como había sido su intención, sonó a mentira, justo lo que era.

Vinn fijó la mirada en su boca, la subió a sus

ojos, y le acarició el labio inferior con la yema del pulgar.

–Sí, me deseas. Y yo a ti. Hay cosas que no cambian nunca.

Ailsa frunció el ceño.

–No lo entiendo. Me has dicho que no quieres acostarte conmigo. Has dicho que nuestra supuesta reconciliación no va a incluir el sexo.

Vinn se encogió de hombros, como si no diera importancia al asunto. Quizá no fuera importante para él, pero sí lo era para ella.

–¿Por qué no aprovechar lo único que todavía nos une?

–Ya no nos une nada, Vinn.

Ailsa trató de apartarse de él, pero Vinn la sujetó con más fuerza. Y una parte de ella, una parte que querría que ya no existiera, exclamó con placer: «¡Aún te desea!».

–¿Estás segura, *cara*?

Ailsa sabía que debía resistir. Tenía que impedir que Vinn la besara. Si la besaba, no sería capaz de controlarse, como le había ocurrido siempre. Pero las caricias del pulgar de Vinn la hicieron abrir los labios y, en contra de su voluntad, le lamió el dedo con la punta de la lengua. El cuerpo ganaba la batalla contra la mente.

Una bomba de lujuria estalló en la oscura mirada de él. El mismo estallido se hizo eco en ella.

Vinn esbozó una sonrisa ladeada.

–No deberías haber hecho eso –dijo él con voz profunda, acariciándole partes de su cuerpo que habían olvidado que ella era una mujer.

Ailsa sabía que había sido un error sacar la lengua para humedecerse los labios y, de paso, inevitablemente, acariciarle el dedo con la lengua.

–¿Por qué no? –preguntó ella con los ojos fijos en los de él.

–Porque ahora no me queda más remedio que hacer esto... –y la boca de Vinn le cubrió la suya.

Los labios de Vinn, engañosamente suaves, la hundieron en un remolino sensual en el que acabaría ahogándose. Pero la sensación de esos labios acariciándole los suyos con una exquisita suavidad la dejó indefensa y anhelando más, mucho más. Un gemido escapó de ella, un gemido traicionero que parecía clamar: «Te deseo».

Vinn le lamió los labios y después introdujo la lengua en su boca. Y a Ailsa le ardió la piel cuando Vinn entrelazó la lengua con la suya e inició una anhelada danza después de tan larga ausencia.

Ailsa dio la bienvenida a cada caricia de la lengua de él, le produjo un enorme placer el modo como la respiración de Vinn se aceleró y la fuerza con que la abrazó. Al menos, no solo ella sentía pasión. Sin embargo, seguía preocupándole lo que Vinn podía conseguir con solo un beso: dejarla sin aliento y sin fuerza de voluntad.

A pesar de todo, Ailsa le rodeó el cuello con los brazos, se inclinó sobre él y los pechos se le estremecieron al entrar en contacto con los duros músculos de Vinn.

–¿Quieres que lo hagamos aquí o prefieres que subamos a la habitación?

La cruda pregunta fue como una inyección de

adrenalina para su fuerza de voluntad. Ailsa le soltó el cuello, bajó los brazos y se separó de él. Después, le lanzó una fría mirada.

—¿En serio crees que voy a someterme a tus... desagradables toqueteos?

Un brillo de humor asomó a los ojos de Vinn.

—Has empezado tú, tesoro. Ya sabes lo caliente que me pongo cuando me provocas con la lengua.

Ailsa lo recordaba perfectamente. Llevaba dos años intentando olvidar todo lo que había hecho con él, cosas que no había hecho con ningún otro hombre ni quería hacerlas. Y por eso le odiaba aún más si cabía. Sí, le odiaba por eso sobre todo.

Ailsa enderezó la espalda, alzó la barbilla y le miró despectivamente.

—Lo único que he hecho es abrir la boca y me he tropezado con tu dedo.

Vinn lanzó una ronca y excitante carcajada.

—Eres increíble.

—Igual que tú, amigo —respondió ella sosteniéndole la mirada.

Vinn cruzó la distancia que los separaba y le acarició la mandíbula, encendiéndole todas y cada una de las terminaciones nerviosas.

—Gracias.

Le sorprendió que Vinn hubiera dicho eso. Confusa, se lo quedó mirando.

—¿Por qué?

—Por hacer que me olvidara de mi abuelo durante unos minutos.

A Ailsa le sorprendió también haberse olvidado de Dom. Pero... ¿no había sido siempre así cuando estaba con Vinn? Era como si nada ni nadie más existiera en el mundo cuando se abrazaban.

–¿Crees que todavía es pronto para llamar al hospital para ver cómo está?

–Sí, es demasiado pronto –Vinn apartó la mano del rostro de ella y se la pasó por el pelo–. Habrá que esperar horas y horas para saber algo –su expresión se ensombreció–. A menos, claro, que pase algo...

Ailsa le puso una mano en el brazo.

–Intenta no pensar en eso, Vinn. Aunque tu abuelo está débil, no le habrían operado si no creyeran que tiene posibilidades de sobrevivir.

–Desde luego, lo que no tiene es posibilidad de seguir viviendo sin la operación –Vinn lanzó un suspiro–. Ninguna.

Ailsa le dio un apretón en el brazo.

–¿Puedo hacer algo?

Los ojos de Vinn se clavaron en los suyos.

–Ya lo has hecho al acceder a volver conmigo.

Ailsa retiró la mano del brazo de él como si, de repente, le quemara.

–Voy a quedarme aquí una o dos noches a lo sumo. Eso es todo. Solo voy a esperar a ver qué tal sale tu abuelo de la operación. No puedes obligarme a quedarme aquí más tiempo. No he firmado el documento. Además, tengo compromisos en Londres y...

–Cancélalos.

–Sí, claro, igual que tú cancelabas tus compromisos cuando yo te necesitaba, ¿verdad? –dijo Ailsa en tono sarcástico.

Vinn frunció el ceño.

—Dirijo un negocio muy grande, tengo muchas responsabilidades. No podía tomarme un día libre solo para entretener a mi esposa porque se aburría.

—¿Y por qué me aburría? Porque insististe en que me viniera a vivir a Milán y dejara mi trabajo en Londres. No estaba acostumbrada a no tener nada que hacer.

—Y tú me dijiste que no estabas contenta en tu trabajo —respondió Vinn—. Trabajabas en una empresa en la que te explotaban.

—Sí, tiene gracia, ¿verdad? Al parecer, atraigo a esa clase de gente —comentó Ailsa arqueando las cejas.

Vinn apretó los labios.

—Yo no te he explotado. Te dije lo que estaba dispuesto a darte y...

—Y después cambiaste las reglas del juego —lo interrumpió Ailsa—. Creíste que te iba a dar un niño o dos mientras tú seguías como si nada con tu importante trabajo que nada ni nadie podía interrumpir.

—Eres la mujer más imposible que he conocido en mi vida —declaró Vinn con enfado—. No se puede hablar contigo de nada sin que acabe siendo la tercera guerra mundial. He dejado muy claras mis condiciones. Como mínimo, necesito que pases aquí toda esta semana. Soy consciente de que tienes responsabilidades y trabajo en Londres; por eso, te permitiré que vayas allí de vez en cuando y...

—¿Que me permitirás? —dijo Ailsa con incredulidad.

–Estoy dispuesto a ser razonable.

Ailsa lanzó una carcajada desprovista de humor.

–Vinn, tú no tienes nada de razonable. Iré a Londres cuando lo necesite y cuando quiera. No voy a permitir que me des órdenes ni que me tengas aquí cautiva.

–No me tientes.

Ese era el problema, Vinn era la tentación personificada. A pesar de la cólera que sentía, no sabía cómo iba a mantener las distancias con él. No obstante, estaba impresionada consigo misma por el hecho de que, hasta el momento, no se había arrojado a los brazos de Vinn para rogarle que le hiciera el amor.

Ailsa respiró hondo y agarró el asa de la maleta.

–Necesito tomar un té o algo. ¿Te importa que me prepare uno?

Le resultó extraño pedir permiso para hacer algo que solía hacer en una casa que había considerado su hogar, a pesar de la presencia de Carlotta, que había defendido su territorio como un perro sabueso. Ahora, por supuesto, no gozaba de los mismos privilegios que antes; aunque, en realidad, quizá había sido siempre así, como le había hecho saber el ama de llaves siempre que se le había presentado la oportunidad.

Ailsa había intentado tener una buena relación con Carlotta, pero el ama de llaves no había mostrado nunca ningún interés en ella. La mujer siempre se había mostrado fría y distante, la había hecho sentirse una extraña en esa casa, una inconveniencia, un lastre.

Igual que se había sentido en el hogar paterno con su madre.

Vinn hizo un gesto con la mano indicando la cocina.

—Siéntete como si estuvieras en tu casa, ya sabes dónde está todo. Yo voy a salir un rato. No sé cuándo volveré. Pero, si me necesitas, mándame un mensaje por el móvil.

Ese era el problema, Ailsa le necesitaba. Y su deseo era como un dolor permanente. ¿Cuándo iba a dejar de desearle? ¿Ocurriría alguna vez?

—¿Y Carlotta? ¿Va a echarme de la casa nada más verme o le has dado instrucciones para que se contenga?

Vinn apretó los labios, debía de estar recordando las muchas discusiones que habían tenido debido a la actitud de Carlotta con ella. Una actitud que él nunca había presenciado y, por tanto, no había creído.

—Tiene la semana libre.

—¿Una semana libre? ¡Qué milagro! —dijo Ailsa con sarcasmo—. No sabía que Carlotta tuviera otra vida que no estuviera relacionada con esta casa. Cuando yo vivía aquí, no recuerdo que se tomara un solo día libre.

Vinn lanzó un suspiro.

—Espero que no te metas con ella cuando estés aquí.

—¿Que no me meta con ella? —Ailsa lanzó una carcajada, a pesar de querer echarse a llorar por semejante injusticia—. ¿Y ella, va a cambiar de actitud conmigo? Intenté hacerme amiga de ella, pero

Carlotta me trató como si fuera un perro callejero buscando que le tiraran unas migajas.

—Mira, Ailsa, Carlotta está muy mayor y no quiero...

—Debería haberse jubilado ya —lo interrumpió Ailsa—. No limpia bien. Cuando vivía aquí, me dedicaba a ir detrás de ella para limpiar lo que se le había pasado, y creo que ese era otro de los motivos por los que le caía tan mal. ¿Por qué sigue trabajando aquí cuando ya no puede hacer las cosas bien?

—No le caías mal —dijo él en tono de impaciencia.

—Eso lo dices porque no me trataba mal cuando estabas tú presente —le corrigió Ailsa—. Lo hacía cuando tú no estabas. ¿Cuántos años tiene?

—Setenta y tres.

Ailsa abrió mucho los ojos.

—¿Setenta y tres? ¿No es demasiado mayor para trabajar?

—Lleva muchos años trabajando para mi familia, estaba aquí antes de que mi madre muriera. Mi madre y ella... estaban muy unidas, o lo unidas que pueden estar un ama de llaves y la señora de la casa.

Ailsa intentó interpretar las palabras de él, pero la expresión de Vinn era indescifrable.

—¿Sigues teniéndola aquí por la relación que tenía con tu madre?

En el pasado, Vinn raramente había mencionado a su madre. Ella había intentado sonsacarle, pero Vinn era demasiado pequeño cuando su madre murió y Ailsa tenía la impresión de que Vinn apenas la recordaba.

Una sombra cruzó la expresión de él; después, apretó los labios.

–Ailsa, por favor, siéntete como si estuvieras en tu casa. Te llamaré si tengo noticias de mi abuelo.

Tras esas palabras, Vinn se dio media vuelta y la dejó en el vestíbulo, con el eco de sus pasos por compañía.

Ailsa fue a la cocina; pero en vez de hacerse un té, se acercó a las puertas de cristal que daban al patio y, más allá, al resto del jardín. La superficie de la piscina brillaba bajo la luz del sol primaveral; incluso sin abrir las puertas, casi pudo oler el aroma de los morados racimos de flores de la *wisteria*.

¿A cuántas mujeres había hecho el amor Vinn en esa piscina? ¿A cuántas mujeres había hecho el amor Vinn a la sombra de aquellos árboles?

Una profunda angustia le encogió el estómago.

¿A cuántas mujeres había hecho el amor Vinn en la cama que había compartido con ella?

Se alejó de la ventana y suspiró. ¿Por qué se le había ocurrido pensar en eso? Había sido ella quien había roto con él. Si Vinn se había acostado con otras mujeres, era asunto suyo. Ya llevaban casi dos años separados, más tiempo del que habían estado juntos. Dos años era demasiado tiempo de celibato para un hombre que había tenido relaciones sexuales desde la adolescencia. Incluso para ella era demasiado tiempo sin acostarse con nadie.

Ailsa salió de la cocina, subió las escaleras y se dirigió a la habitación principal, la que había compartido con Vinn. Mientras se acercaba, se dio cuenta de que se estaba torturando a sí misma; no obstante, no podía evitar querer saber si él había cambiado algo en esa habitación. Había otras muchas que podía ver primero, pero las piernas la llevaron, paso a paso, a esa.

Abrió la puerta y se quedó quieta unos segundos mientras respiraba el aroma de la loción para después del afeitado de Vinn. La enorme cama estaba hecha y, una vez más, se preguntó quién había sido la última mujer que había dormido con él.

Ailsa tragó el nudo que se le había formado en la garganta mientras se acercaba al armario.

«Esto te va a hacer sufrir», se dijo a sí misma en silencio mientras, irrevocablemente, abría las puertas correderas...

Capítulo 4

AILSA se quedó de piedra, como las estatuas del jardín, mientras contemplaba su ropa. Al principio, había pensado que debía de ser el vestuario de otra mujer, pero enseguida reconoció los tejidos, los estilos, los colores. Todo lo que Vinn le había comprado, prendas caras, prendas que ella jamás se habría podido comprar.

Al dejar a Vinn, se había marchado a toda prisa, sin molestarse en llevarse sus cosas; principalmente, porque había albergado la esperanza de que Vinn la siguiera para rogarle que volviera con él, cosa que, por supuesto, Vinn no había hecho. Después, en Londres, no le había pedido que le enviara sus pertenencias porque, una vez que había visto con claridad que Vinn no estaba dispuesto a luchar por ella, había preferido olvidar su vida con él en Milán. No había querido recuerdos, nada que la hiciera arrepentirse de su impulsiva decisión.

Sí, ahora veía claro lo impulsiva que había sido. Se había comportado como una niña enrabietada en vez de intentar entenderse con él. ¿Por qué no se había esforzado en comprender qué había hecho que Vinn cambiara de parecer? Al oírle a Vinn hablar de la posibilidad de tener hijos, ella debería haber mostrado la madurez suficiente para hablar de ello, aunque eso no la hubiera hecho cambiar de opinión. Ahora empezaba a comprender que el rechazo de Vinn a ver los defectos de su ama de llaves se debía a lo unido que debía de haberse sentido a ella durante la infancia, una infancia de la que se mostraba sumamente reacio a hablar.

¿Por qué no le había dicho hasta ese día que su madre y Carlotta habían estado muy unidas? ¿Y por qué ella no había hecho un mayor esfuerzo por pedirle que le hablara de su infancia?

«Porque no querías que Vinn te preguntara a ti por la tuya».

Ailsa acarició las sedosas prendas que colgaban de perchas de terciopelo y los recuerdos la invadieron.

¿Por qué Vinn no se había deshecho de esa ropa? ¿Por qué no la había donado? ¿Por qué seguía teniéndola ahí, junto a sus trajes?

Ailsa cerró el armario y lanzó un suspiro. ¿Hasta qué punto conocía a Vinn? Sabía cómo le gustaba el café y que no soportaba el té. Sabía qué libros le gustaba leer y la clase de películas que veía. Sabía que tenía cosquillas detrás de la rodilla y que dormía de costado, del lado derecho.

Pero... ¿hasta qué punto le conocía?

¿Había conservado la ropa de ella por una cuestión sentimental o por un sentido práctico? ¿Y si Vinn solo quería hacerla creer que no había perdido la esperanza de que ella volviera con él? ¿Y si Vinn, en ese momento, solo la estaba manipulando hábilmente?

La ira volvió a apoderarse de ella. Vinn no tenía compasión, eso sí que lo sabía. No soportaba el fracaso, lo consideraba una debilidad, un defecto. ¿Quería que ella volviera con él solo para demostrarlo? ¿Y si ella se negaba?

Ailsa sonrió.

Iba a demostrarle a Vinn que podía resistirse a sus encantos.

Vinn se paseaba por su despacho como un tigre enjaulado. Se preguntó si no debería haberse quedado en la casa para evitar que Ailsa volviera a huir. Aún no había firmado el documento y él no podía obligarla a ello. Podía ofrecerle más dinero, pero tenía la sensación de que no le serviría de nada. Ailsa no quería dinero, quería enfrentarse a él. Bien, que se enfrentara a él todo lo que quisiera, pero no estaba dispuesto a poner en peligro la recuperación de su abuelo.

Tenía que conseguir que Ailsa permaneciera a su lado; de lo contrario, la gente sospecharía que se trataba de un engaño. Quería que su abuelo estuviera convencido de que Ailsa y él estaban juntos otra vez. Había advertido la expresión de felicidad de su abuelo al ver a Ailsa en el hospital. Hacía mucho tiempo que no había visto a su abuelo tan contento, tan animado; la última vez había sido el día que le presentó a Ailsa y le anunció que era su novia e iban a casarse. A su abuelo le había gustado Ailsa, lo que no era sorprendente, ya que Ailsa tenía todo lo que un hombre pudiera desear de una futura esposa: belleza, inteligencia e ingenio. Lo último, por supuesto, también la hacía una respondona. A su abuelo le gustaban las mujeres fuertes y Ailsa lo era.

Pero Vinn no había elegido a Ailsa por complacer a su abuelo. La había elegido porque le atraía. Ninguna mujer le había atraído nunca tanto como Ailsa. La energía sexual que despertaba en él era sorprendentemente primitiva. Jamás una mujer le había llevado al borde de perder el control, solo Ailsa. La deseaba con locura. Llevaba casi dos años intentando olvidarla. No obstante, sabía que Ailsa le deseaba tanto como él a ella.

Con su abuelo en la sala de operaciones y Ailsa en su casa, Vinn no lograba concentrarse en el trabajo.

Justo antes de salir de la casa, había oído a Ailsa subir las escaleras; sin duda, para examinar el cuarto que habían compartido. Estaba seguro de que Ailsa habría inspeccionado el armario y ya sabría que estaba igual que como lo dejó. ¿Qué pensaría Ailsa al ver que su ropa seguía ahí? ¿Y por qué él no había tirado esa ropa o por qué no se la había enviado a Londres?

La había dejado para recordarse a sí mismo lo que ocurría cuando bajaba la guardia.

Lo que habían compartido Ailsa y él había sido especial y había esperado que hubiese continuado. Hasta el momento de conocerla, había tenido buenas relaciones con otras mujeres y, con un par de ellas, había pensado incluso en el matrimonio; pero, al conocer a Ailsa, se había dado cuenta de que ella era la mujer de su vida. Ailsa era enérgica y testaruda, lo que le irritaba a veces, pero también le excitaba.

Estaba acostumbrado a que la gente le bailara el agua, pero Ailsa nunca se había sentido intimidada por él. Todo lo contrario, nunca había perdido la oportunidad de enfrentarse a él; eso sí, sonriendo mientras lo hacía. Y a él le había encantado.

Pero Ailsa le había dejado y aún le irritaba. No soportaba el fracaso. Solo fracasaba la gente que no se esforzaba, la gente que no trabajaba lo suficiente, la gente a la que le faltaba voluntad.

Y tampoco soportaba las sorpresas. Siempre lo planificaba todo, lo organizaba, establecía objetivos. No se conseguían las cosas solo porque sí. Por eso, cuando el hermano de Ailsa llamó a su puerta pidiendo ayuda, vio que era la oportunidad perfecta para darle la vuelta a la situación y subirse al podio del ganador.

No le gustaba el chantaje, pero lo utilizaría si no le quedaba otro remedio. Quería a Ailsa durante tres meses. La quería en su casa y en su vida.

Y, aún más importante, en su cama.

Ailsa aún se mostraba reacia a firmar el documento, pero él sabía muy bien cómo doblegarla. Y le proporcionaría un gran placer.

Vinn sonrió y se felicitó a sí mismo.

«Está hecho».

Ailsa estaba esperando a que Vinn regresara, pero él le envió un mensaje diciendo que tenía que atender un asunto urgente.

¿No le preocupaba a Vinn que ella pudiera tomar un avión y volver a Londres? No había firmado el documento. Todavía. No podía dejar de pensar en esos diez millones.

Nunca le había importado mucho el dinero. Se alegraba de no haber sido pobre nunca y de poder vivir bien con lo que ganaba. Pero ese dinero y todo lo que podría hacer con él era muy tentador. No solo le serviría para ampliar su negocio, sino también para ayudar a otra gente. A niños que habían sufrido abusos, por ejemplo. Quizá pudiera montar un servicio que ofreciera ayuda a niños que habían sufrido abusos o un centro en el que pudieran hablar libremente de sus traumas.

No obstante, si firmaba el documento, tendría que pasar tres meses con Vinn. Él estaba seguro de tenerla acorralada. ¿No lo demostraba el hecho de haberla dejado sola esa noche? Estaba convencido de que ella no se marcharía. Y, de no haber sido por el abuelo de Vinn, se habría ido.

Ailsa apenas durmió esa noche, no solo porque estaba en una de las habitaciones de invitados en vez de en el cuarto que había compartido con Vinn, sino también porque estaba alerta, esperando a que volviera. Cada vez que oía un ruido, se sentaba en la cama y aguzaba el oído. No dejaba de mirar el reloj y, con cada minuto que pasaba, aumentaba su irritación.

La una de la madrugada. Las dos. Las tres. Las cuatro. Las cinco. ¿Cómo iba a estar trabajando a esas horas? ¿No estaría por ahí? ¿Con una mujer que satisficiera sus necesidades sexuales?

Necesidades que ella había satisfecho en el pasado.

Su enfado se transformó en dolor. Un dolor que se le agarró al estómago y la hizo doblar el cuerpo para contenerlo. ¿Por qué se había dejado manipular hasta verse en esa situación? ¿Por qué permitía que Vinn siguiera haciéndola sufrir?

Por fin, se durmió y, cuando se despertó a las nueve de la mañana, Vinn seguía ausente.

Vinn le envió un mensaje a las diez de la mañana para decirle que estaba en el hospital con su abuelo. ¿Había pasado allí la noche? Quería creer que ese era el motivo por el que no había vuelto a la casa aquella noche, pero no estaba segura. ¿No sería más probable que Vinn hubiera pasado la noche con alguien? ¿Con otra mujer?

Era ya la noche del día siguiente cuando Ailsa oyó ruidos procedentes del estudio de Vinn y se dio cuenta de que no estaba sola en la villa, Vinn había vuelto y no se lo había dicho. Le enfureció que la tratara así, como a una huésped con la que no quería relacionarse a menos que fuera absolutamente necesario.

Ailsa se dirigió al estudio y, en vez de llamar a la puerta, la abrió, entró en tromba y se plantó delante del escritorio de él, en el que Vinn estaba trabajando.

–¿Cuándo has vuelto? ¿No se te ha ocurrido que lo correcto habría sido decírmelo? Creía que había un ladrón en la casa.

Vinn se recostó en el respaldo de la butaca de cuero y la miró con expresión inescrutable.

—¿Qué habrías hecho si te hubieras topado con un ladrón en mi estudio?

Ailsa no soportaba que Vinn, como siempre, criticara su comportamiento impetuoso. ¿Qué tenía de malo ser un poco impulsiva? A Vinn le había gustado eso en la cama.

«Deja de pensar en acostarte con él».

Decidió que había llegado el momento de cambiar de tema.

—¿Por qué sigue mi ropa en tu armario?

—Estaba esperando a que vinieras a recogerla para llevártela.

Ailsa respiró hondo en un esfuerzo por contener la cólera, pero resultó ser un ejercicio completamente inútil.

—¿Cuánto tiempo estabas dispuesto a esperar?

Vinn agarró un bolígrafo y comenzó a juguetear con él.

—El tiempo que fuera necesario.

Ailsa se negó a rechazar el desafío que vio en la mirada de Vinn.

—Podría no haber vuelto nunca.

Un brillo asomó a los ojos de él.

—Pero has vuelto.

Ailsa apretó los dientes con tal fuerza que temió se le deshicieran.

—No tenías derecho a conservar mis cosas.

—No me pediste que te las enviara.

—Eso da igual.

Vinn continuó mirándola.

–¿Por qué no me pediste que te las enviara?

–Creo que sabes perfectamente por qué.

–No, no lo sé –Vinn continuó jugueteando con el bolígrafo–. Explícamelo.

Ailsa apretó los labios.

–Tú me compraste todo eso. Me compraste la clase de ropa que exigía desempeñar el papel de esposa trofeo.

–¿Me estás diciendo que no te gustaba esa ropa?

Le había gustado demasiado.

–No digo que tengas mal gusto, solo que querías que representara un papel que yo ya me había cansado de representar.

Vinn dejó el bolígrafo, empujó la butaca hacia atrás y se puso en pie. Rodeó el escritorio y se sentó en una esquina de la mesa de despacho, cerca de donde estaba ella.

Ailsa no podía ignorar esas largas y fuertes piernas a escasos centímetros de ella y la forma en que él la miraba, al mismo nivel de sus ojos, ya que Vinn estaba sentado. Pensó en apartarse, pero no quería que Vinn notara lo vulnerable que se sentía a su lado. Por lo tanto, puso cara de póquer y le devolvió la mirada.

–¿Cuándo ocurrió? –preguntó él.

–¿El qué?

–Que ya no querías representar el papel de, según tus palabras, esposa trofeo.

Por hacer algo con las manos, ella se colocó un mechón de pelo detrás de la oreja. ¿Cómo iba a decirle que, en realidad, nunca había sido feliz en su matrimonio? ¿Cómo iba a decirle que había accedido a casarse con él porque eso la había hecho sentirse algo más normal? El vestido blanco y el velo, la iglesia llena de gente, los votos, la música, las tradiciones... todo ello la había hecho olvidar, al menos durante un tiempo, que era la hija de un monstruo sin rostro. Por primera vez en la vida, se había sentido querida y necesitada. Y la persona que la había hecho sentirse así podía haber elegido a cualquiera que hubiera querido.

—No deberíamos habernos casado nunca. Deberíamos haber tenido una aventura amorosa y nada más. Al menos, de esa manera, podríamos haber seguido siendo amigos.

Los ojos de Vinn capturaron su mirada durante un tenso momento antes de clavarse en su boca. Entonces, alzó una mano y, con un dedo, dibujó una línea desde los pómulos al centro de su barbilla, sin rozarle la boca, pero muy cerca de las sensibles terminaciones nerviosas de sus labios.

—Sabes perfectamente que nunca podríamos haber acabado como amigos, *cara*.

Ailsa apretó los labios con fuerza en un intento por aplacar el hormigueo. El corazón le latía con fuerza.

—Nunca hemos sido amigos, Vinn. Éramos dos personas que se acostaban juntas, que se casaron precipitadamente y que continuaron teniendo relaciones sexuales.

Vinn hizo un gesto triste con la boca y, despacio, subrayó el labio inferior de ella con la yema de un dedo. Con solo delinear la línea del labio, originó una tormenta de deseo en ella. Vinn bajó la mano de su rostro y sus ojos se encontraron.

—Quizá tengas razón —Vinn lanzó un suspiro—. Pero nuestras relaciones sexuales eran extraordinarias, ¿no?

Ailsa prefería no hablar de sexo. Hablar de sexo con Vinn era casi como hacerlo. Casi. Hablar de sexo, del sexo juntos, la hacía desearlo con insoportable desesperación, el cuerpo entero le temblaba.

—Sí, pero eso no significa que lo quiera ahora. O en el futuro. Al menos, contigo. Prácticamente estamos divorciados y...

Vinn le agarró ambas manos, tiró de ella hacia sí y la dejó de pie entre sus musculosos muslos. Toda su feminidad aplaudió en espera del gran desenlace.

Ailsa le puso las manos en el pecho, sus senos quedaron aplastados contra el torso de él.

—Sí quieres. Me deseas. Por eso no te has acostado con nadie desde que me dejaste.

Ailsa hizo un vano esfuerzo por zafarse de Vinn. Aunque, si era sincera consigo misma, el esfuerzo fue mínimo. No quería separar el cuerpo del de Vinn. Quería aplastarle los labios con los suyos, arrancarle la ropa y hacer el amor con el fin de saciar esa traicionera pasión que le recorría el cuerpo. Pero un vestigio de orgullo se negó a capitular con tanta facilidad.

—Y a mí no me cabe duda de que tú te has acostado con docenas de mujeres en estos últimos dos años. ¿Cuánto tardaste en encontrar una sustituta? ¿Una semana? ¿Dos? ¿O días... o quizá unas horas?

De repente, Vinn la soltó y abandonó la esquina del escritorio en la que había estado sentado. Rodeó la mesa de despacho y volvió al otro lado como si así quisiera poner una barricada entre ambos.

—Hasta que nos divorciemos, seguiré considerándome legalmente casado.

Ailsa, sorprendida, se lo quedó mirando.

—¿Qué quieres decir? ¿Significa eso que no te has acostado con nadie desde que me fui? ¿Con nadie en absoluto? Perdona que te diga que no me lo creo, he visto fotos en las revistas y...

Ailsa se interrumpió antes de traicionar su obsesiva búsqueda de artículos en la prensa que mencionaran a Vinn. Había incluso llegado hasta el punto de comprar revistas italianas. Ridículo. Y caro y, prácticamente, inútil ya que no leía el italiano.

—Tengo vida social, pero me he contenido y he renunciado a tener relaciones sexuales hasta que nos den el divorcio. No me ha parecido justo involucrar a otra mujer en una situación tan complicada —Vinn se interrumpió un segundo y añadió—: ¿Por qué te sorprende tanto?

Ailsa trató de cambiar su expresión para mostrar impasibilidad. Pero falló.

—Creía que tú... que para ser un hombre...

Vinn ordenó unos papeles encima de la mesa que, según ella, no necesitaban más orden del que ya presentaban. Fue entonces cuando él la miró a los ojos con un brillo en los suyos peligrosamente sensual.

—¿Para ser un hombre con el apetito sexual que tengo?

Cuanto menos pensara Ailsa en el apetito sexual, mejor. El problema en ese momento era su propio apetito sexual. No lograba evitar la desazón de su cuerpo.

—No creía que fueras capaz de pasar dos días sin sexo, así que mucho menos dos años.

Vinn se encogió de hombros.

—He encontrado otras formas de liberar la tensión. Y, al menos, me ha servido en los negocios. La energía que he puesto en el trabajo ha dado resultados muy positivos.

Ailsa no lograba asimilar el hecho de que Vinn hubiera permanecido célibe, que no hubiera estado con ninguna otra mujer. Ella se había pasado los dos últimos años torturándose, imaginándosele haciendo el amor con otra, haciendo a otras mujeres lo que había hecho con ella, diciéndole a otra lo que le había dicho a ella. Y, sin embargo, no había sido así.

Vinn había permanecido célibe todo ese tiempo.

¿Por qué? ¿Qué significaba? Tenía más oportunidades que la mayoría de los hombres para atraer a las mujeres. Para conseguir amantes. Y ya que estaban oficialmente separados y en medio de un proceso de divorcio, ¿por qué no la había reemplazado? Poca gente esperaba a firmar el divorcio.

Ella no había tenido relaciones porque no se le había pasado por la cabeza acostarse con otro. Cuando miraba a otro hombre, lo comparaba con Vinn y la decepción era instantánea. Nadie podía compararse a Vinn. Nadie la excitaba como él. Nadie la hacía sentirse tan femenina como Vinn.

Despacio, Ailsa volvió a mirarle a los ojos; en cierto modo, saber que Vinn no se había acostado con nadie en todo ese tiempo solo sirvió para aumentar la tensión sexual entre ambos. El ambiente se había cargado hasta tornarse sofocante.

Ailsa se pasó la lengua por los labios resecos mientras el corazón parecía querer salírsele del pecho.

—Eso explica por qué el beso que nos dimos ayer en el vestíbulo fue más... ardoroso de lo esperado.

Vinn volvió a rodear la mesa de despacho, se plantó delante de ella y le apartó un mechón de pelo del rostro.

Ailsa acercó el cuerpo al de Vinn.

—Tres meses, *cara*. Es lo único que quiero. Después de eso, tendrás el divorcio que tanto deseas.

Mirándole la boca, ella se debatió entre aceptar o no las condiciones que Vinn le imponía. Si las rechazaba y se marchaba ya, en unas semanas estaría divorciada y sería libre para hacer lo que quisiera con su vida, y Vinn también sería libre para hacer lo que quisiese con la suya. Isaac perdería la oportunidad de hacerse jugador profesional de golf, pero acabaría dedicándose a otra cosa. Isaac era joven y, en la actualidad, era corriente cambiar de profesión.

Por otro lado, si aceptaba, estaría con Vinn tres meses.

Y, aún más tentador, volvería a su cama.

¿Podía hacerlo? ¿Podía arriesgarse a pasar tres meses con él y conseguir, al final de ese tiempo, olvidarse de él? Tres meses no eran una eternidad.

Vinn no quería que volviera con él para el resto de su vida; al menos, eso era lo que había dicho.

Solo tres meses.

Podría acostarse con él cuando quisiera. Tendría una aventura amorosa de sexo desenfrenado, pero temporal; de esa forma, no se sentiría atrapada ni tendría que preocuparse de que Vinn volviera a hablar de tener hijos. Desde luego, era arriesgado. Y peligroso. Pero tan tentador... sobre todo, después de enterarse de que Vinn no había buscado a una mujer para reemplazarla.

¿Qué significaba eso?

Lentamente, Ailsa paseó la mirada hasta clavar los ojos en los de él.

—¿Por qué quieres que pase tres meses contigo?

Vinn jugueteó con un mechón del cabello de Ailsa.

—Ya te lo he dicho, es por mi abuelo. Quiero que se recupere, que nada le estrese.

Ailsa tragó saliva para contener un gemido de placer cuando él comenzó a acariciarle la nuca.

—No creo que sea solo por tu abuelo. Es también por nosotros, por la mutua atracción.

Vinn acercó la boca a la comisura de sus labios y se los rozó, pero no fue más allá.

—Así que a ti también te pasa, ¿eh?

Ailsa no pudo negarlo. El cuerpo la estaba traicionando. Ladeó la cabeza para permitirle el acceso a la garganta, donde Vinn ahora estaba depositando diminutos besos. Y un líquido deseo le recorrió las partes secretas de su cuerpo.

—No quiero sentir lo que siento —susurró ella.

Vinn, entonces, acercó la boca a la de ella y los

alientos de ambos se mezclaron, acabando con su resistencia.

–Quizá en estos tres meses podamos saciarnos y vernos libres el uno del otro –le susurró junto a los labios.

Temblando, Ailsa le rodeó la cintura con los brazos y le besó, rindiéndose a la pasión que les consumía.

El ardor de la boca de Vinn la envolvió, haciendo que perdiera el control de los sentidos. Sus lenguas chocaron eróticamente y el sexo le palpitó. Vinn movió los labios sobre los suyos con desesperación, como si llevara años esperando a que llegara ese momento. Y ella le devolvió el beso con fervor, moviendo la lengua con la de él mientras la sangre le hervía en las venas y el corazón le martilleaba.

Vinn le cubrió un pecho y se lo acarició sin desabrocharle la blusa, y los pezones de ella se irguieron, pidiendo más. Vinn, entonces, le sacó la blusa de la falda y deslizó las manos bajo la fina tela para acariciarle las costillas, justo debajo de los senos. Y el placer que ella sintió fue indescriptible.

Vinn continuó besándola hasta hacerla enfebrecer y, al mismo tiempo, le desabrochó el sujetador y liberó sus pechos. Un exquisito deleite se apoderó de ella cuando Vinn tomó posesión de sus senos con ambas manos y le acarició los pezones hasta dejarla sin respiración. Después, él bajó la cabeza y le chupó la aréola de un pecho y después la del otro.

–Te deseo –admitió Vinn con voz ronca.

Ailsa, que apenas podía respirar, empezó a quitarle la ropa, sin importarle si le arrancaba algún botón de la camisa. Paseó las manos por el torso de él, necesitaba besarle la piel, necesitaba saciar ese desesperado deseo.

El teléfono sonó en ese momento, pero ella lo ignoró, estaba demasiado ocupada tratando de desabrochar el cinturón de Vinn.

Pero, entonces, Vinn le agarró la mano y fue a contestar la llamada.

—Vinn Gagliardi.

Vinn continuó la conversación en italiano. Ella, con los labios, sin emitir sonido, le preguntó si era una llamada del hospital. Pero Vinn negó con la cabeza y, solo con los labios, le indicó que se trataba de trabajo.

De repente, Ailsa se sintió marginada. Despreciada. Igual que tantas veces en el pasado. Igual que la noche anterior. Y sabía que, con Vinn, siempre sería así, porque ella no era más que una distracción sexual para él, alguien con quien acostarse cuando quería.

Ailsa se puso el sujetador otra vez, se metió la blusa por debajo de la falda y se peinó con los dedos. De haber sido una llamada del hospital, lo habría comprendido; pero una llamada relacionada con el trabajo la hizo recordar que ella no era prioritaria en la vida de Vinn. Era un juguete para él, nada más. ¿No había sido siempre así? Se había engañado a sí misma al pensar que, algún día, acabaría siendo algo más que una esposa trofeo. Pero no, no era nada especial para él y nunca lo había sido.

Ailsa, con los labios, le dijo que iba a subir a la otra planta e, inmediatamente, vio un brillo de entusiasmo en los ojos de Vinn. Pero no iba a subir para quedarse esperándole, como en los viejos tiempos.

Se iba a marchar, antes de que la poca fuerza de voluntad que le quedaba la abandonara completamente.

Capítulo 5

AILSA salió de la casa sigilosamente y, después de recorrer una corta distancia, paró un taxi.

—Al aeropuerto, por favor —le dijo al taxista.

Recostó la espalda en el respaldo del asiento y hurgó en el bolso para sacar el teléfono y el pasaporte. Iba a reservar el vuelo con el móvil de camino al aeropuerto; pero al ver la pantalla, se dio cuenta de que casi no le quedaba batería. ¿Por qué no se le había ocurrido cargarlo antes de salir? En fin, eso ya no tenía arreglo; además, si el móvil estaba apagado, Vinn no podría llamarla.

Sabía que debía llamar a Isaac para explicarle la situación, consciente de la desilusión que su hermano se iba a llevar. Pero todavía no estaba preparada para mantener esa conversación. Lo primero que tenía que hacer era comprar un billete de avión y lo haría en el aeropuerto.

Continuó buscando en el bolso, no lograba encontrar el pasaporte. Acabó volcando el contenido del bolso en el asiento del taxi. Y... le dieron ganas de gritar, de gritar y de dar puñetazos en el asiento. ¿Cómo se había atrevido Vinn a hacerle eso? Era, prácticamente, un secuestro. Le había quitado el pasaporte. Le había sacado el pasaporte del bolso. Sabía que era un desalmado, pero aquello era el colmo. ¿Por qué tanto empeño en que se quedara con él? ¿Era solo por su abuelo o por venganza?

–¿Le ocurre algo? –le preguntó el taxista.

Ailsa forzó una sonrisa.

–Verá, he cambiado de parecer. En vez de al aeropuerto, lléveme al centro, voy a un hotel.

Dio al taxista el nombre del primer hotel que se le pasó por la cabeza, uno en el que Vinn y ella habían tomado unas copas después del teatro.

No iba a quedarle más remedio que volver a la villa a por el pasaporte, pero esperaría a la mañana siguiente. Quería que Vinn pasara una noche sin dormir, igual que ella la noche anterior, preguntándose dónde se habría metido.

Se lo merecía.

Vinn acababa de terminar la conversación con un compañero de trabajo cuando el teléfono volvió a sonar. Le dio un vuelco el corazón al ver que le llamaban del hospital. La noche anterior, la había pasado allí, sentado en la sala de espera, ya que había querido estar presente cuando su abuelo saliera de la sala de operaciones. Pero la cirugía se había complicado y se había prolongado. Se había marchado después de hablar con el cirujano y de que llevaran a su abuelo a la Unidad de Cuidados Intensivos. El médico le había dicho que todavía era pronto para saber qué iba a pasar.

Se preparó mentalmente para lo peor al respon-
der la llamada.

—Vinn Gagliardi.

—Señor Gagliardi, su abuelo sigue en la Unidad
de Cuidados Intensivos y está todo lo bien que se
puede esperar. Por el momento, se encuentra estable. Le llamaremos tan pronto como haya algún
cambio.

—*Grazie* —Vinn tragó el nudo que se le había formado en la garganta, la emoción casi le impedía
respirar—. ¿Podría ir a verle?

—Lo mejor es que espere a mañana o, mejor aún,
a pasado mañana —dijo el doctor—. Está sedado, no
se da cuenta de nada. Respira por medio de una
bombona de oxígeno y va a seguir así al menos un
par de días.

Vinn colgó el teléfono después de que el médico
se despidiera. Las cosas habían cambiado mucho
en comparación con treinta años atrás, cuando los
médicos ocultaban el verdadero estado de los pa-
cientes por un equívoco sentimiento de compasión.
Él quería saber el verdadero estado de su abuelo, no
que le mantuvieran en la oscuridad como habían
hecho cuando era un niño, esperando a que su madre volviera a casa del hospital para, al final, enterarse de que estaba en el depósito de cadáveres. El
dolor y el sentimiento de pérdida que había sentido
entonces había sido indescriptible. No le habían
dado la oportunidad de despedirse de su madre, no
le habían permitido ir a verla. Durante años, incluso
había llegado a imaginarse que su madre no estaba
muerta, que, simplemente, se había marchado y que

cualquier día iba a entrar por la puerta y le iba a abrazar.

Pero, por supuesto, su madre no había vuelto. Su mente infantil se había imaginado una explicación más fácil de asimilar que la pura realidad: una cirugía sencilla que se había complicado y, en cinco días, su madre había fallecido.

Vinn sacudió la cabeza. Detestaba pensar en su niñez, en la soledad que había sentido entonces, en la agonía. Había perdido a su madre, la persona con la que contaba para todo, a los cuatro años; su padre nunca se había ocupado de él y, por lo tanto, el sufrimiento que le había provocado la pérdida de su esposa no podía ser utilizado como excusa de ello. Sí, por supuesto que su padre había sufrido la pérdida de su mujer; pero un mes después del funeral, se había echado una amante, una a la que otras muchas siguieron a lo largo de los años.

Vinn había aprendido a ocultar sus sentimientos. Sin embargo, sus abuelos habían comprendido perfectamente la tristeza que le había embargado y, conscientes de la falta de sensibilidad de su padre hacia él, se habían esforzado y se habían convertido en una sólida y constante influencia en su vida.

De repente, Vinn se dio cuenta de lo silenciosa que estaba la casa. ¿Había decidido Ailsa no esperarle? No había sido su intención pasar la noche anterior en el hospital, esperando a hablar con el cirujano. ¿Seguía enfadada con él por haberla dejado sola tanto tiempo? ¿Era ese enfado una muestra de que Ailsa le deseaba tanto como él a ella?

Había pasado más tiempo al teléfono de lo que

había sido su intención. Lo que necesitaba en esos momentos para olvidar la tragedia del pasado era acostarse con ella. Sonrió para sí mismo al imaginársela esperándole, desnuda en la cama que, en el pasado, habían compartido. Se excitó al pensar en las sedosas y doradas piernas de Ailsa rodeándole el cuerpo.

Subió los escalones de dos en dos. Pero al abrir la puerta de su habitación, la encontró vacía. Fue al cuarto de baño de la habitación, pero también estaba vacío. Abrió las puertas de todas las habitaciones de invitados de esa planta preguntándose si Ailsa habría decidido esperarle en otro cuarto.

Al entrar en la última habitación de huéspedes, la más alejada de su cuarto y en la que, aparentemente, Ailsa había dormido la noche anterior, vio el pasaporte de ella, apenas visible, al lado de la cama. ¿Se le habría caído a Ailsa y ella, sin darse cuenta, le habría dado una patada hasta dejarlo casi oculto? Agarró el pasaporte y lo ojeó. Ailsa había ido a Italia en cuatro ocasiones desde la separación, pero eso él ya lo sabía porque la había recomendado a varias personas con el fin de asegurarse de que Ailsa volviera.

Vinn se metió el pasaporte en el bolsillo y se sacó el móvil para llamarla. Si Ailsa seguía en la casa, podría oír la llamada del móvil. No la oyó y, al cabo de unos segundos, le saltó el buzón de voz. Antes de decidir qué hacer, recibió un mensaje, pero no era de Ailsa. El mensaje era de un conocido suyo propietario de un lujoso hotel del centro de Milán para informarle de que Ailsa había reservado una habitación para esa noche. Nico di Sante, a través de la prensa, se había enterado de que Ailsa y él se habían reconciliado y se preguntaba por qué estaba Ailsa allí.

Rápidamente, Vinn contestó con otro mensaje para decirle que no pasaba nada y que, en breve, se reuniría con Ailsa en el hotel, pero que no le dijera nada a ella porque se trataba de una sorpresa, ya que Ailsa creía que él seguía trabajando.

Vinn quería algo más que darle una sorpresa. Iba a obligarla a llevar puestos el anillo de boda y el anillo de compromiso que Ailsa había dejado atrás al marcharse y los iba a llevar hasta que él le diera permiso para quitárselos.

Ailsa se sumergió en la bañera del lujoso hotel, casi tan grande como una piscina, y bebió un sorbo del champán que le habían ofrecido regalo de la casa. Le había costado una fortuna aquella habitación, pero le había merecido la pena, una noche sin Vinn antes de que él la amarrara. Porque, por supuesto, tendría que hacer lo que él quisiera.

Lo que Vinn le ordenara.

Después de pensarlo mucho, había decidido que no podía truncar la oportunidad que a Isaac se le había presentado; al fin y al cabo, ella sabía muy bien lo que se sentía al tener que renunciar a un sueño. Dolía mucho.

«No puedes tener lo que quieres. Nunca podrás tener lo que quieres».

Ailsa volvió a llenarse la copa de champán. Le

daba igual ponerse un poco alegre. No quería sentirse tan sola e infravalorada como se sentía. Estaba a punto de echarse a llorar cuando, de repente, se abrió la puerta del baño y apareció Vinn.

Ailsa jadeó y, doblando las rodillas, subió las piernas para cubrirse el pecho.

—¿Cómo sabías que estaba aquí?

Los ojos de Vinn le recorrieron los pechos a medio cubrir.

—No sigas por ese camino, *cara*. Si lo haces, sabes perfectamente cómo va a acabar.

Ailsa alzó la barbilla y le lanzó una gélida mirada.

—Me has robado el pasaporte.

—Yo no te he robado el pasaporte —Vinn se sacó el pasaporte del bolsillo y se lo dio—. Lo he encontrado en el suelo al lado de la cama en la habitación en la que has dormido.

Ailsa agarró el pasaporte con una mano llena de espuma y lo dejó encima de la estantería de mármol, junto a la bañera.

—No te creo.

Vinn, como si eso le diera igual, se encogió de hombros.

—Tanto si me crees como si no, es la verdad.

Ailsa no sabía qué pensar. Creía que Vinn era capaz de quitarle el pasaporte, pero también era consciente de su tendencia a perder cosas. En momentos de tensión, era despistada y descuidada, y sentía mucha tensión cuando estaba con él.

Vinn se sacó un documento doblado del bolsillo posterior del pantalón, agarró una de las revistas del corazón que ella había llevado al cuarto de baño y la utilizó como tablilla para el documento.

—Firma.

Ailsa deseó tener el valor suficiente para tirar el maldito documento a la bañera. Quería disolverlo. Quería clavarle el bolígrafo en un ojo. No obstante, agarró el bolígrafo que él le estaba ofreciendo y, tras lanzar a Vinn una mirada asesina, firmó.

—¿Ya estás contento?

Vinn dobló el documento, lo puso sobre una superficie, metió una mano en otro bolsillo del pantalón y sacó la caja de los anillos que ella había dejado atrás dos años antes.

—Quiero que los lleves puestos durante los tres próximos meses —el tono de voz de Vinn le advirtió que sería mejor ponerse los anillos sin protestar, a pesar de no soportar que le dieran órdenes.

Ailsa sacó los anillos de la caja y se los puso lanzándole otra furiosa mirada. No quería que Vinn supiera lo mucho que había echado de menos esos anillos; el de compromiso era el más bonito que había visto en su vida. Lo habían diseñado expresamente para ella y, aunque Vinn no le había dicho lo que le había costado, ella tenía la impresión de que debía de valer tanto como algunas personas ganaban durante sus vidas laborales. Pero no era el precio de la sortija lo que le gustaba, se habría conformado con una baratija si Vinn se la hubiera entregado con amor.

De repente, Vinn comenzó a desabrocharse los botones de la camisa y ella le miró con horror.

—¿Qué haces?

–Seguir con lo que estábamos haciendo antes de que sonara el teléfono y nos interrumpieran –dejó caer la camisa al suelo y se llevó las manos a la cinturilla de los pantalones–. Te estaba diciendo lo mucho que te deseo.

Ailsa se arrepintió de haber bebido tanto champán. No le quedaba fuerza de voluntad para resistirse al encanto de Vinn.

–Cierto, me estabas diciendo que me deseabas, pero no recuerdo haberte dicho yo a ti lo mismo.

Vinn tensó la mandíbula.

–No era necesario. Me estabas arrancando la ropa y, de no haber sido por el teléfono, ahora ya irías por el segundo o tercer orgasmo.

¡Maldito Vinn! ¿Cómo se atrevía a recordarle la cantidad de orgasmos que sabía producirle?

–¿Eso crees? –Ailsa lanzó una burlona carcajada–. ¿Cómo podría convencerte de que no te deseo? Porque... no... te... deseo.

Vinn se quitó el resto de la ropa y se metió en la bañera, causándole un pequeño tsunami en el cuerpo.

–¿Cuántas veces vas a tener que repetirte eso a ti misma hasta lograr convencerte de ello?

Entonces, Vinn se le acercó y le agarró la barbilla.

Ailsa intentó apartarle de un manotazo.

–No me toques.

Vinn le puso la otra mano en la nuca, por debajo del pelo.

–Tiemblas de tanto que me deseas –añadió él.

–Tiemblo de ira y, si no me quitas las manos de

encima, te voy a demostrar lo enfadada que estoy
–dijo Ailsa apretando los dientes.

Vinn lanzó una queda y ronca carcajada.

–He echado mucho de menos tu genio, *cara*. Te
pones muy sexy cuando te enfadas. Me excitas.

La pelvis de Vinn estaba lo suficientemente
cerca de ella como para poder sentirla, el erguido
miembro de él atraía al centro de su feminidad.

–Nadie me irrita tanto como tú –dijo Ailsa–. No
lo soporto. Te odio.

–No me odias, *cara*. Si me odiases, no habrías
venido a casa conmigo ayer al salir del hospital.

Ailsa le agarró la mano y se la apartó con toda la
fuerza que poseía.

–No me diste ninguna otra opción. Me llevaste a
tu casa en contra de mi voluntad, te dije que quería
ir a un hotel. Básicamente, me secuestraste. Y luego
me robaste el pasaporte y...

–¿Sabes cuál es tu problema, *cara*? No te fías de
ti misma cuando estás conmigo.

Típico de Vinn hacerla creer que ella era el problema. El problema era su falta de fuerza de voluntad, pero esa era otra cuestión.

–¿Crees que no puedo resistirme a ti? Pues te
engañas. Puedo y lo haré –peligrosas palabras, teniendo en cuenta que las velludas piernas de Vinn
acariciaban las suyas dentro de la espumosa agua y
estaba más que excitada.

–Ven aquí.

Ailsa le lanzó una mirada gélida.

–Ni en sueños. Ya no consigues manipularme,
Vinn.

Vinn lanzó una carcajada y se acercó a ella al tiempo que le pasaba un dedo por un pecho.

–En ese caso, me acercaré yo a ti, ¿te parece?

Ailsa contuvo un gemido de placer cuando los dedos de Vinn encontraron sus pezones. Hasta los huesos se le disolvieron. Solo Vinn conseguía derrumbar sus defensas. Sentía cómo su cuerpo se humedecía respondiendo a la excitación sexual.

Vinn la tenía acorralada e intentó buscar la forma de escapar. ¿Habría algún modo de conseguir que Vinn patrocinara a Isaac sin que ella se viera involucrada? ¿Sin tener que pasar tres meses con Vinn?

–¿Y si volviéramos a negociar el tiempo que tengo que estar contigo? –dijo Ailsa–. ¿Y si pasara aquí una semana en vez de...?

–Un mes.

Ailsa se felicitó mentalmente.

–Yo preferiría días a...

Vinn sacudió la cabeza y continuó acariciándole el pecho.

–No. Un mes o nada. Soy consciente de que tres meses es demasiado tiempo para descuidar tu negocio, pero un mes está bien, considéralo como unas vacaciones. Y, por lo que Isaac me ha dicho, llevas mucho tiempo sin tomarte unas vacaciones.

Ailsa se mordió los labios. Un mes era mejor que tres y, de paso, podría atender a sus clientes italianos con más dedicación. Además, la villa de Vinn era enorme y le permitiría la privacidad que iba a necesitar. Era una solución.

–¿Qué le has dicho a Isaac respecto a este... trato?

–Le dije que mi patrocinio dependía de ti.

Ailsa frunció el ceño.

–¿Le dijiste que ibas a chantajearme y a obligarme a acostarme contigo?

–No. Simplemente le dije que dependía de ti que le patrocinara o no.

–En ese caso, de no acceder, me culpará a mí, ¿no?

Vinn esbozó una débil sonrisa.

–Sería una pena que le decepcionaras, ¿no?

Ailsa no podía negarse. No tenía opciones. Si se negaba, la relación con su hermano acabaría como la relación con su madre y su padrastro. Dañada. Quizá hasta destruida. Isaac la culparía de no poder dedicarse al golf. Sería culpa de ella. Vinn lo había arreglado todo para no dejarle elección.

–Está bien, trato hecho –Ailsa alzó la barbilla en un gesto desafiante–. Pero de ninguna manera voy a acostarme contigo.

Vinn la miró a los labios y, después, los cubrió con los suyos.

Ailsa no se pudo resistir. Nada en el mundo conseguiría aplacar el deseo que se había apoderado de ella. Tan pronto como sus labios se encontraron, se vio arrollada por una vorágine de lujuria que amenazaba con hacer hervir el agua de la bañera.

Con un ademán posesivo, que le encantó tanto como le enfadó, Vinn le cubrió los pechos con las manos. ¿Cómo se atrevía Vinn a suponer que podía hacer con ella lo que quisiera? Pero su suposición era correcta, lo que la irritaba aún más. ¿Por qué no tenía la fuerza suficiente para oponerse a ese hombre? ¿Qué tenía Vinn que la hacía sentirse débil y dependiente?

Vinn separó la boca de la suya para chuparle los pezones, haciéndola temblar. Nadie conocía sus pechos como él. Nadie los trataba con tan exquisito cuidado y atención. Con la lengua, Vinn le rodeó el pezón del pecho derecho hasta hacerla perder la razón. Después, al mordisquearlo, la hizo anhelar con desesperación el alivio a esa arrebatadora tensión sexual que solo él podía darle.

Vinn encontró los pliegues de su sexo y, en cuestión de segundos, se encontró volando y lanzando unos gritos tan altos que la hicieron avergonzarse de sí misma. Le mordió el hombro para acallar aquel clamor, apenas satisfecha cuando le oyó gruñir algo. Quería hacerle daño. ¿Por qué iba a ser ella sola quien sufriera aquel frenesí?

Pero eso pareció ser lo que él quería porque, a los pocos segundos de su tormentoso orgasmo, Vinn se separó de ella y apoyó la espalda en el extremo opuesto de la bañera.

—¿Te ha gustado?

Ailsa, por encima del agua, pudo ver claramente el miembro erecto de él.

—¿Tú no vas a...?

—No, ahora no.

Vinn salió de la bañera, agarró una toalla y comenzó a secarse.

Ailsa estaba furiosa, Vinn acababa de demostrarle su superior autocontrol. La había hecho alcanzar el clímax, pero él se iba a negar ese placer solo para demostrarle que podía resistirse a ella.

¡Maldito Vinn! Pero iba a demostrarle lo difícil que iba a resultarle.

Ailsa salió de la bañera y también empezó a secarse, pero no con rapidez, sino lenta y sensualmente. Puso un pie en el borde de la bañera y se inclinó hacia delante para secarse los dedos de los pies, consciente de que, a sus espaldas, Vinn la devoraba con los ojos. Cambió de pie, se echó el cabello hacia atrás con un movimiento de cabeza, y volvió a inclinarse hacia delante. Vinn era el único hombre con el que se sentía cómoda estando desnuda. Como la mayoría de las mujeres, tenía complejos respecto a su cuerpo, pero Vinn siempre la había hecho sentirse como una diosa.

Bajó el pie al suelo y se volvió de cara a él.

−¿Te importaría pasarme la crema hidratante para el cuerpo? Está ahí.

Vinn agarró un bote con una crema de color miel.

−¿Esta?

Ailsa, sonriendo, agarró el bote de la mano de él.

−¿Quieres que te ponga un poco de crema en la espalda? −preguntó Ailsa.

−Estás jugando con fuego, *cara* −respondió él con las pupilas dilatadas.

Ailsa se echó un poco de crema en las manos y comenzó a pasársela por los senos.

−Es muy importante ponerse crema hidratante después de un baño caliente. Ayuda a mantener la piel suave y nutrida.

Los ojos de Vinn siguieron todos y cada uno de los movimientos de sus manos. Y, cuando ella fue a por el bote para echarse más crema, encontró la mano de Vinn sujetándolo.

—Date la vuelta —dijo Vinn.

Ailsa se volvió y un estremecimiento le recorrió el cuerpo cuando Vinn comenzó a pasarle la crema por los hombros, la espalda y el nacimiento de las nalgas. Se le tensaron los músculos, palpitaba de deseo. Vinn la envolvió con los brazos para untarle los pechos con la crema, el vientre, más abajo... Y, al hacerla sentir la dureza de su erección en las nalgas, la excitación que sintió fue casi dolorosa.

Vinn la hizo girar y la miró a los ojos.

—Sabes que te deseo.

Ailsa se acercó lo suficiente para rozar el miembro de él con el vientre.

—Hazme el amor, Vinn.

Vinn la besó entonces. La besó con ardor y pasión. Ella le rodeó el cuello con los brazos y se puso de puntillas para sentir la erección de él en la parte de su cuerpo que más lo necesitaba.

Vinn la besó con más intensidad y la hizo gemir. Con las bocas aún unidas, se dirigieron al dormitorio. Vinn la tumbó en la cama y se tendió encima de ella, apoyando su peso en los brazos y las piernas.

Entonces, Vinn apartó la boca de la de ella y la miró intensamente a los ojos.

—¿Estás segura? ¿Quieres que pase esto?

Ailsa nunca se había sentido tan segura de nada. Ya se enfrentaría a las consecuencias de hacer el amor con Vinn después. En ese momento, solo podía pensar en lo maravilloso que era tenerle encima con el grueso miembro entre sus muslos.

Le pasó la yema de un dedo por el labio inferior y dijo:

–Vinn, te deseo. No quiero desearte, pero no puedo evitarlo.

Vinn le dio un breve beso en la boca.

–A mí me ocurre lo mismo.

Ailsa separó las piernas para recibirle y contuvo el aliento cuando él la penetró. Vinn comenzó a moverse a ritmo lento y tortuoso, pero ella le agarró por las nalgas, tirando de él hacia sí con cada empellón. La tensión era intensa, pero ella no lograba alcanzar el orgasmo sin más fricción. Vinn, entonces, bajó una mano y le acarició el clítoris hasta hacerla alcanzar el clímax.

El orgasmo la hizo pedazos, oleadas de placer le recorrieron el cuerpo. Casi no podía aguantarlo y, por eso, intentó apartarse, pero Vinn continuó acariciándola hasta procurarle otro orgasmo, aún más fuerte que el primero.

Ailsa jadeó y gritó al tiempo que movía la cabeza de un lado a otro como si hubiera enloquecido. Pero logró conservar la suficiente consciencia para sentir el fuerte orgasmo de Vinn acompañado de unos gruñidos que la hicieron sentirse querida, necesitada y deseada.

Vinn podía haber hecho eso con cualquiera, pero no había elegido a cualquiera. La había elegido a ella.

Vinn no había hecho el amor con nadie después de haberse quedado solo. No obstante, eso no significaba que la amara, pero prefería no pensar en ello en esos momentos.

Ailsa cerró los ojos y suspiró en brazos de él.

—Habría utilizado un preservativo, pero como ninguno de los dos se ha acostado con nadie, no me ha parecido necesario —dijo Vinn acariciándole un muslo—. Supongo que todavía tienes el implante anticonceptivo, ¿no?

A Ailsa le dio un vuelco el estómago. Hacía un par de meses debería haberse quitado ese para ponerse uno nuevo, pero había retrasado la visita al médico. ¿Por qué no se lo había cambiado? La respuesta era evidente, porque no se había acostado con nadie.

Porque no se le había ocurrido acostarse con otro que no fuera Vinn.

¿Seguiría sirviendo el implante que llevaba? Eso esperaba. Sin embargo, se le pasó por la cabeza la idea de un niño pequeño que fuera la viva imagen de Vinn.

«No. No. No. No puedes pensar en eso».

Pero había pensado en ello últimamente. Se había imaginado a sí misma con un niño en los brazos. Estaba a punto de cumplir los treinta años. Su madre la había tenido a ella a los dieciocho y a Isaac a los veintiocho. Pero... ¿cómo podía ocurrírsele que podía tener un hijo?

Apartó esas ideas de su cabeza y sonrió.

—Sí, así es.

Vinn le acarició el ombligo.

—Eres la única mujer con la que me he acostado sin ponerme un preservativo.

—Porque estábamos casados, ¿no?

—No, no solo por eso. Fuiste la única mujer con la que pensé que el matrimonio podría salir bien.

–Habría podido salir bien si yo me hubiera sometido completamente a tu voluntad. No estaba dispuesta a hacerlo. Sigo sin estar dispuesta a ello.

Vinn le acarició la frente.

–Quizá tengas razón. Quizá debiéramos habernos conformado con una aventura amorosa.

Ailsa le acarició del esternón al ombligo con la yema de un dedo.

–¿Quieres que te dé crema hidratante?

A Vinn le brillaron los ojos.

–Me has convencido.

Entonces, Vinn le cubrió la boca con la suya.

Capítulo 6

CUANDO Ailsa se despertó a la mañana siguiente en la villa de Vinn, él ya no estaba. La noche anterior, en vez de quedarse en el hotel, habían vuelto a la casa y, de nuevo, habían hecho el amor. Se preguntó cómo había podido pasar tanto tiempo sin hacer el amor con él y, también, si podría soportar vivir separada de Vinn una vez que el periodo de la falsa reconciliación llegara a su fin.

Ailsa se dio una ducha, se envolvió en una toalla y lanzó una mirada a la ropa arrugada que había llevado puesta el día anterior. Tenía mucha ropa en el armario; sin embargo, rechazó la idea. No quería volver a asumir el papel de esposa trofeo, aunque solo fuera temporalmente.

¿Estaba en peligro de renunciar a sí misma otra vez, de rendirse a las exigencias de Vinn y perder su autonomía?

No, porque estaba allí por el abuelo de Vinn, no por Vinn y ella. Dom era el motivo de su reencuentro.

Seguía sin saber qué hacer respecto a la ropa cuando, de dentro del bolso que estaba sobre la cama, sonó su móvil. Lo sacó del bolso y vio que era su hermano quien llamaba.

–Hola, Isaac.

–Vinn me ha dicho que estás de acuerdo en que él me patrocine –dijo Isaac con entusiasmo–. No sé cómo darte las gracias. Yo creía que ibas a montar un escándalo, pero Vinn me ha dicho que no, que todo lo contrario, que has estado maravillosa.

–¿Y qué más te ha dicho de mí?

Se hizo un breve silencio.

–Ha dicho que estáis en proceso de reconciliación. ¿Es eso verdad? ¿Estáis juntos otra vez?

A Ailsa no le gustaba mentir a su hermano, pero no sabía qué otra cosa podía hacer. Si Isaac se enteraba de lo que realmente estaba pasando, quizá rechazara el patrocinio de Vinn. Y ella no podía permitir que el modo en que Vinn había manipulado la situación destruyera aquella oportunidad única que se le presentaba a su hermano.

–Estamos probando solamente, no sabemos si acabaremos juntos o no. Te pido por favor que no te hagas muchas ilusiones.

–Me alegro mucho por ti, Ailsa. Lo digo en serio. Sé que, desde que le dejaste, no has sido feliz.

–No te preocupes por mí, pequeño –contestó Ailsa–. Sé cuidar de mí misma.

–¿Qué es lo que os hizo romper? Cuando salía el tema, te negabas a...

–Si no te importa, preferiría hablar de otra cosa.

–No fue porque te engañara con otra, ¿verdad? Sé que era un poco donjuán antes de conocerte, pero no se habría casado contigo si no hubiera querido sentar la cabeza.

Ailsa lanzó un suspiro.

–No, no me engañó con otra. Rompimos por... por diferencias de opinión.

–¿Como lo de tener hijos?

A ella le sorprendió lo directo que había sido su hermano. Nunca le había contado que no quería tener hijos, tampoco a su madre ni a su padrastro. No le gustaba hablar de ello porque le recordaba el motivo por el cual había tomado esa decisión. Todos sabían que, para ella, lo más importante era el trabajo y les permitía creer que esa era la razón. La única razón.

–¿Por qué has dicho eso?

–Porque me pregunto si la separación de papá y mamá ha tenido algo que ver en que no quieras tener hijos.

Ailsa sabía que el divorcio había afectado a Isaac más que a ella. Poco tiempo después de la ruptura de su madre y su padrastro, ella se había ido de casa; pero Isaac todavía estaba en el colegio y había pasado mucho tiempo entre las casas de sus dos padres. Y, a veces, había sido víctima de las tensiones entre ambos.

–En estos tiempos, el divorcio está a la orden del día. Es algo normal –dijo ella.

–Entonces... ¿quieres tener hijos?

–¡Isaac, por favor! –Ailsa lanzó una falsa carcajada–. Tengo veintinueve años, todavía me queda mucho tiempo para tener hijos si quisiera.

–¿Te acuerdas de cuando regalaste todos tus juguetes de pequeña, las muñecas y todo lo demás? Me extrañó que no los guardaras para cuando tuvieras hijos.

–Estaba haciendo limpieza –contestó Ailsa–. No cabía tanta cosa en casa de mamá después del divorcio.

–No es solo eso –insistió Isaac–. Cada vez que ves a un niño pequeño, vuelves la cabeza.

Su hermano parecía ver más allá del infinito.

–No todas las mujeres están hechas para ser madres. Mi trabajo y...

–Serías una madre estupenda, Ailsa –Isaac la llamó como la había llamado de pequeño, cuando no podía pronunciar su nombre bien–. Muchas veces he pensado que eras mejor madre que mamá. Mamá no ha sido una madre cariñosa; sobre todo, contigo.

–No voy a tener hijos, Isaac –dijo Ailsa–. Y mucho menos con Vinn.

–Ah... No sabía que no podíais. Pero podríais recurrir a la inseminación artificial. Vinn puede permitírselo.

–No necesito la inseminación artificial –y mucho menos Vinn–. He tomado la decisión de no tener hijos y lo mejor sería que todo el mundo lo aceptara.

–Perdona, no te enfades. Solo quería darte las gracias por lo del patrocinio. No sabes lo mucho que significa para mí. Sin la ayuda de Vinn, no podría dedicarme al golf. Me va a patrocinar durante tres años, es como un sueño convertido en realidad.

–Y tú perdóname a mí por enfadarme. Lo que pasa es que, con el abuelo de Vinn tan enfermo y todo lo demás, estoy un poco tensa.

–Sí, Vinn ya me lo ha contado. Me alegro de que estés con él en un momento tan difícil para Vinn.

«No me ha quedado más remedio».

Vinn había llamado al hospital nada más levantarse y le habían dicho que su abuelo seguía estable. Era una buena noticia, pero no lograría calmarse hasta ver a su abuelo fuera de la Unidad de Cuidados Intensivos, consciente y fuera de peligro.

Sabía que Ailsa se había acostado con él solo para demostrarle que no podía resistirse a ella. Lo cual era verdad, no podía. Pero, al final, lo lograría. Tendría que conseguirlo porque su relación solo iba a durar un mes; habría preferido tres porque eso daría tiempo de sobra para que su abuelo se recuperara. Pero había cedido porque comprendía que tres meses era mucho tiempo para abandonar el trabajo.

No obstante, hacer el amor con Ailsa otra vez le había recordado los motivos por los que había querido casarse con ella.

¿Sería suficiente un mes para superar su necesidad de ella? ¿O serviría solo para alimentar la pasión que le consumía y que había intentado ignorar a base de trabajar sin descanso?

Ailsa bajó a la cocina y encontró una nota de Vinn en la que decía que había ido a ver a su abuelo.

Se dirigió al cuarto de estar y llamó a Brooke, su ayudante en Londres, para informarle de la situación. Nada más colgar, oyó a alguien entrando en la casa. Las pisadas eran muy diferentes a las de Vinn, firmes.

Asomó la cabeza por la puerta del cuarto de estar y vio a Carlotta, el ama de llaves, sujetando unas bolsas con compra.

—Ah, ha vuelto —dijo Carlotta en un tono nada cordial.

Pero Ailsa se negó a permitir que esa mujer la intimidara.

—¿Quiere que le lleve las bolsas?

A regañadientes, Carlotta le permitió que le llevara las bolsas a la cocina. Ailsa las dejó en la encimera y comenzó a vaciarlas.

—¿Cómo es que está aquí? Vinn me había dicho que iba a pasar fuera toda la semana.

—¿Cuánto tiempo se va a quedar en esta casa? —le preguntó Carlotta en tono seco.

—Un mes. Supongo que Vinn le ha contado que voy a quedarme aquí hasta que Dom salga de peligro, ¿no?

Carlotta lanzó un bufido y clavó los ojos en los anillos de Ailsa.

—El tiempo suficiente para conseguir más joyas como esas, sin duda. Me sorprende que no las empeñara cuando se marchó.

Ailsa contuvo la cólera que la invadió.

—No me las llevé, las dejé aquí, en el cajón de la mesilla de Vinn. Lo dejé todo. Pero no creo que haga falta que se lo diga, usted lo sabe muy bien.

La expresión de Carlotta mostró un momentáneo desconcierto, pero se recuperó al instante y su rostro volvió a mostrar desagrado.

—Si no es por dinero, ¿por qué ha vuelto? ¿Cuánto le va a pagar Vinn?

Ailsa sintió el enrojecimiento de sus mejillas.

—No estoy aquí por dinero, sino por Dom y porque mi hermano...

—A usted lo único que siempre le ha interesado ha sido el dinero —declaró Carlotta—. Usted no quería a Vinn, nunca le ha querido. Se casó con él porque es un hombre rico e influyente.

Ailsa se mordió los labios para no dar una mala contestación. No obstante, en cierto modo, Carlotta había dado en el clavo. Los motivos por los que se había casado con Vinn no eran una buena base para un matrimonio. Había querido ser una persona normal, que la aceptaran. ¿Y qué mejor forma de conseguirlo que casarse con un hombre al que todo el mundo admiraba debido a su solidez y riqueza? Por supuesto, le había encontrado irresistiblemente atractivo también. Pero, durante el corto periodo que habían estado juntos, se había enamorado de Vinn, y era eso lo que la había aterrorizado cuando él había hablado de tener hijos.

¿Cómo iba a darle ella a Vinn lo que él más deseaba?

—Si le quisiera, habría venido cuando su padre murió —dijo Carlotta.

—No lo sabía, me enteré de que había muerto antes de ayer.

¿Habían pasado solo dos días? Le avergonzaba pensar que Vinn había conseguido llevarla a la cama en tan solo cuarenta y ocho horas. ¿Tan poca fuerza de voluntad tenía ella? ¿Tan poco se respetaba a sí misma?

Carlotta le lanzó una mirada de incredulidad y, acercándose a las bolsas, empezó a sacar comida.

–Aunque no estaba muy unido a su padre, la muerte de él le hizo revivir la muerte de su madre. Y... ¿dónde estaba su esposa en esos momentos tan difíciles? En Londres, y ni siquiera tuvo la delicadeza de llamarle ni enviar unas flores o una tarjeta dándole el pésame.

Ailsa decidió ignorar el comentario acerca de su falta de delicadeza con el fin de ahondar en el asunto de la muerte de la madre de Vinn y en cómo le había afectado. Ella había tratado de sonsacarle, pero Vinn se había negado siempre a hablar de ello.

–No sabía que usted hubiera estado tan unida a la madre de Vinn. ¿Cómo era?

La expresión de Carlotta se endulzó.

–Era una persona maravillosa. Era una mujer cariñosa, simpática, y adoraba a Vinn. Era una madre extraordinaria, dedicada por completo a su hijo. No debería haberse casado con el padre de Vinn, pero él la sedujo y se casó con él sin darse cuenta de cómo era realmente ese hombre –Carlotta lanzó un suspiro y dobló las bolsas de la compra–. Vinn lo pasó muy mal cuando ella murió, el pobre tenía solo cuatro años. Era un niño alegre, extrovertido y feliz, pero la muerte de su madre le hizo cambiar. Se hizo muy introvertido y casi nunca se reía.

–La muerte de ella debió de afectarle a usted también –comentó Ailsa.

–Yo era su ama de llaves, pero nos hicimos amigas. Cuando Vinn se fue a vivir a casa de sus abuelos, yo también fui. Llevo trabajando para los Gagliardi casi toda la vida. En cierto modo, son la única familia que tengo.

–Comprendo perfectamente que usted quiera lo mejor para Vinn –dijo Ailsa–. No me extraña que no me haya aceptado nunca.

El ama de llaves se la quedó mirando.

–La habría aceptado si hubiera visto que usted le quería.

–Sé que es difícil comprenderlo, pero no teníamos esa clase de relación –explicó Ailsa–. Vinn tampoco me quería a mí, así que...

–Así que usted no tuvo el valor de quererle a pesar de todo –concluyó Carlotta; de nuevo, su tono era de censura.

¿Querer a Vinn era un acto de valentía o una locura? Locura era desearle tanto. Amarle sería un suicidio emocional porque, si por remota que fuera la posibilidad Vinn acababa amándola también, ¿qué pensaría al enterarse de que ella era hija de un delincuente?

Tras pasar el día reflexionando sobre lo que Carlotta le había contado, Ailsa decidió que debía intentar hacer hablar a Vinn sobre su infancia. Tenía que comprenderle mejor. Pero no lo lograría si acababa siempre acostándose con él.

Para ello, tendría que controlarse. El sexo con Vinn era excitante, pero necesitaba saber más sobre él. ¿Qué le movía a trabajar tanto? ¿Qué le había hecho casarse con una mujer a la que no amaba cuando podía haber elegido a la que hubiera querido? ¿Por qué se había mantenido fiel a ella a pesar de no amarla?

Sabía que, cuanto más se acostara con él, más difícil le iba a resultar separarse de Vinn cuando se cumpliera el plazo de un mes. No debía olvidar que estaban a punto de divorciarse.

Ailsa sacó ropa del armario de Vinn y la llevó a la habitación de huéspedes que había ocupado la primera noche. Quería levantar barreras otra vez entre los dos, hacerle saber a Vinn que no podía hacer con ella lo que quisiera. ¿Acaso creía Vinn que diez millones de libras le daban derecho a acostarse con ella? Para seguir manteniendo relaciones sexuales tendrían que hablar también; no solo utilizar sus cuerpos, sino sus mentes al mismo tiempo.

Ailsa salió del baño de aquella habitación de invitados y encontró a Vinn esperándola.

—¿Por qué has traído tu ropa aquí? —preguntó Vinn señalando la pila de vestidos que había encima de la cama.

Ailsa se ajustó la toalla que la envolvía.

—Porque creo que lo mejor será que no nos acostemos juntos.

—¿Por qué no? —dijo él en tono burlón mientras recorría su cuerpo envuelto en la toalla con la mirada—. Es un poco tarde para eso, ¿no?

—No debería haberme acostado contigo. Me pillaste en un momento de debilidad. No se va a repetir. En vez de acostarnos juntos, deberíamos hablar. Hablar en serio.

Vinn se acercó a ella.

—Eres muy cabezota —Vinn le acarició el inicio de los pechos, que asomaban por el borde de la toalla—. Me deseas, pero prefieres renunciar al placer que te doy porque crees que eso me da ventaja sobre ti.

A Ailsa no le gustó ser tan transparente.

—Vinn, tu problema es que no estás acostumbrado a que la gente te diga que no.

Vinn esbozó una perezosa sonrisa y le pasó un dedo por el canalillo.

—Aunque digas que no, tu cuerpo dice otra cosa muy distinta.

A Ailsa le recorrió un estremecimiento de placer mientras él la acariciaba, los pezones se le irguieron. Antes de conocer a Vinn, sus pechos eran solo pechos. Pero desde que Vinn se los explorara con las manos y la boca, los acariciara y los saboreara, no podía mirar sus pechos sin pensar en esa cabeza de cabello oscuro inclinada sobre ellos, sin pensar en los labios, la lengua y los dientes de Vinn causando estragos.

Miró los morenos dedos de Vinn y el contraste con su cremosa y blanca piel. Contuvo la respiración por la oleada de deseo que se desató en ella.

¿Cómo podía su cuerpo traicionarla de esa manera? ¿Por qué deseaba tanto las caricias de Vinn?

—Vinn... yo...

—No digas nada, *cara* —Vinn aproximó la boca a la suya y, juguetonamente, le rozó los labios—. Limítate a sentir.

Ailsa no se creía capaz de hablar. Decirle que no

o fingir que no le deseaba era absurdo. ¿Había rechazado a Vinn alguna vez?

–Mañana me voy a arrepentir de esto –dijo ella junto a los labios de Vinn.

–Es solo sexo.

Ailsa le miró a los ojos.

–¿Solo sexo?

–¿Qué otra cosa podría ser?

Vinn volvió a acariciarle la boca con sus labios y la capacidad de resistencia de ella se desvaneció por completo.

Plantó las manos en el pecho de él y, sin saber cómo, consiguió que la toalla permaneciera donde estaba.

–¿Por qué ahora, tan de repente? No hemos estado en contacto desde hace casi dos años.

La barba incipiente de Vinn le raspó la mejilla.

–Porque te he echado de menos.

Ailsa tembló cuando Vinn le chupó el lóbulo de la oreja. ¿La había echado de menos? Se echó hacia atrás ligeramente hasta poder mirarle a los ojos.

–Sabías dónde estaba. Nada te habría impedido venir a verme a Londres. No me llamaste ni una sola vez, tampoco me enviaste ningún mensaje.

Una triste expresión cruzó el semblante de Vinn y, al momento, apartó las manos de ella. Dio unos pasos hacia atrás y se frotó la nuca como si tratara de aliviar la tensión.

–Tenía pensado ir a verte, pero el trabajo...

–Sí, el trabajo siempre ha sido lo más importante para ti, ¿verdad? Y, sin embargo, a mí no me permites que dé prioridad a mi trabajo.

Vinn bajó la mano y su rostro se tornó sombrío.

—Mi padre murió a los dos días de que tú te fueras.

Sorprendida, Ailsa guardó silencio. Hasta entonces, había creído que el padre de Vinn había muerto hacía solo unos meses, no dos días después de que ella hubiera dejado a Vinn.

Pensó en la conversación que había tenido con Carlotta. ¿Le había dicho el ama de llaves cuándo había muerto el padre de Vinn? ¿Era por eso por lo que Carlotta estaba convencida de que ella no quería a Vinn? De no haber sido por el fallecimiento de su padre, ¿habría intentado Vinn ir a buscarla? Al cabo de unas semanas de dejar a Vinn, al ver que no había tenido noticias de él, se había puesto en contacto con un abogado para iniciar el proceso de divorcio. Había interpretado el silencio de Vinn como una muestra de que ella no había significado nada para él, sin darse cuenta de que Vinn había tenido motivos que se lo habían impedido.

Sintió arrepentimiento y vergüenza por su comportamiento impetuoso. ¿Por qué no había esperado unos días más? ¿Por qué no había llamado ella a Vinn? Por orgullo. Sí, el orgullo y el amor propio le habían impedido hacerlo.

Y había perdido a Vinn.

Vinn lanzó un suspiro.

—Creo que, al menos, debería haberte llamado para decirte lo de mi padre, pero lo estaba pasando muy mal; encima, tuve que enfrentarme a la pobre familia a la que mi padre estuvo a punto de borrar del mapa; tuve también que atender a la familia de su novia... No sé, no sé –Vinn volvió a suspirar–. Lo pasé muy mal. Hubo una investigación policial, denuncias, abogados, la prensa... Y, para colmo, recibí la carta de tu abogado informándome de que querías el divorcio. Cuando recibí la carta, pensé que ya era demasiado tarde para hacerte cambiar de idea.

«No habría sido demasiado tarde», pensó Ailsa. Pero el arrepentimiento se tragó esas palabras. Ojalá hubiera esperado unos días más, una semana o dos, un mes... Pero ¿de qué serviría ahora admitir lo inmadura y tonta que había sido? Su relación ya no tenía arreglo; además, querían cosas muy diferentes de la vida.

–No tenía ni idea de que tu padre hubiera muerto justo después de que me marchara. Lo siento. Debió de ser muy duro para Dom y para ti. De haberlo sabido, habría...

–¿Qué habrías hecho? ¿Habrías enviado flores o una tarjeta dándome el pésame? –dijo él en tono sarcástico–. Podrías haber enviado dos coronas de flores, una por la muerte de mi padre y otra por la muerte de nuestro matrimonio.

Por una vez, Ailsa no respondió con otro sarcasmo.

–En serio, Vinn, siento muchísimo que tuvieras que pasar por todo eso justo después de nuestra separación. Pero quizás, si me hubieras llamado para decirme lo del accidente de tu padre...

–¿Habrías vuelto? –los ojos de él se tornaron fríos–. Además, estás suponiendo que yo te habría recibido con los brazos abiertos.

Ailsa enderezó la espalda y se obligó a sí misma a sostenerle la mirada.

—No habría vuelto a menos que tú, antes, me hubieras pedido perdón por ser tan arrogante y tan machista.

—No veo la necesidad de pedir perdón por querer lo que quiere la mayoría de la gente. Y, si fueras sincera contigo misma, reconocerías que es también lo que tú quieres. Has permitido que el divorcio de tus padres condicione tu vida. Es una locura. Es infantil.

—No es el divorcio de mis padres, Vinn —dijo Ailsa—. ¿Por qué te resulta tan difícil entender que no quiera tener hijos? Cuando un hombre dice que no quiere tener familia, nadie se le opone. Pero, cuando lo hace una mujer, todo el mundo se enfrenta a ella y se le acusa de ser egoísta.

—De acuerdo, no es por el divorcio de tus padres. Entonces, ¿por qué es? ¿Por qué no quieres tener hijos? —preguntó Vinn mirándola fijamente a los ojos.

—Ya te lo he dicho.

—Lo único que me has dicho es que no quieres tener hijos, pero ¿es solo por el trabajo?

Ailsa desvió la mirada y se ajustó la toalla.

—No tengo instinto maternal, nunca lo he tenido. Lo más importante para mí es el trabajo.

—En cierta ocasión, Isaac me dijo que habías sido más madre para él que vuestra propia madre —declaró Vinn—. También me ha dicho que, en cierto modo, sigues siéndolo.

Ailsa se preguntó hasta qué punto habían hecho

amistad Vinn y su hermano. Y... ¿hasta qué punto le había hablado Isaac a Vinn sobre la infancia de ambos?

—Tengo diez años más que Isaac, siempre he sido su hermana mayor. Mi madre ha hecho lo que ha podido, pero le ha resultado difícil ejercer de madre, conmigo sobre todo, pero también con Isaac.

Vinn frunció el ceño.

—¿Por qué contigo sobre todo?

Ailsa se arrepintió de haber abierto la boca. Sin embargo, por algún motivo, sintió la necesidad de contarle a Vinn la verdad.

—De recién nacida, me negaba a tomar el pecho y dormía muy mal, eso hizo que a mi madre le resultara difícil aceptarme. Además, mi madre era muy joven, tenía solo dieciocho años cuando me tuvo.

—De todos modos, te quería.

Ailsa le miró fijamente a los ojos. ¿Tenía el valor suficiente para contarle la verdad? Estaba cansada de guardar durante tanto tiempo aquel secreto.

Estaba cansada y se sentía sola.

Solo su madre y su padrastro conocían las circunstancias de su nacimiento. ¿No habría llegado el momento de decírselo a Vinn? Él había sido su marido, su amante y, en cierto modo, la primera persona que la había hecho sentirse normal.

—Mi madre no quería tenerme, Vinn. No quería que naciera.

—¿Por qué dices eso? No es posible que tu madre te haya dicho semejante cosa.

Ailsa esbozó una triste sonrisa.

—A veces, no es necesario decir algo expresamente. Nací sin que mi madre quisiera que naciera. No debería haber nacido.

Una sombra de preocupación asomó al rostro de Vinn. Se acercó a ella y, con ternura, le puso una mano en el hombro.

–¿Y tu padre, Michacl? ¿Le pasa lo mismo que a tu madre contigo?

Ailsa sabía que había llegado a una encrucijada en su relación con Vinn. Si le confesaba la verdad, nada volvería a ser como antes. Si mentía, todo seguiría igual, pero diferente.

Vinn le dio un suave apretón en el hombro para animarla a continuar.

–Cuéntamelo, *cara*. Explícamelo.

–Vinn... –Ailsa le puso las manos en el pecho y contuvo un temblor al sentir tensarse los músculos del pecho de Vinn, como si el contacto le afectara tanto como a ella–. La cuestión es que... Michael no es mi padre, es mi padrastro.

Ailsa respiró hondo y continuó.

–No conozco a mi verdadero padre y no quiero conocerle.

–¿Y eso, por qué? –preguntó él con ternura y una nota de preocupación en la voz.

Ailsa tragó saliva.

–A mi madre la violaron en una fiesta. No se lo dijo a nadie porque se sentía culpable por haber bebido y estar un poco borracha. Cuando se enteró de que estaba embarazada, era demasiado tarde para remediarlo. Entonces, se lo dijo a Michael, que era su novio por aquel entonces, y Michael insistió en casarse con ella y encargarse de mí como si fuera hija suya.

Aunque Vinn no pudo ocultar una expresión de perplejidad, su rostro, sobre todo, mostró preocupación.

—Oh, *cara*... Eso es... No sé qué decir. ¿Cuándo te enteraste? ¿Ha sido hace poco? ¿Te lo dijeron o...?

—Me enteré por casualidad cuando tenía quince años. Mi madre y Michael habían acordado no decírmelo nunca.

Vinn frunció el ceño.

—¿Te enteraste a los quince años? ¿Lo sabes desde entonces?

—Un día, volví de casa antes de lo acostumbrado y les oí discutiendo. Michael decía que tenían que decírmelo, pero mi madre se oponía a ello. Fui a la habitación en la que estaban y, al final, a mi madre no le quedó más remedio que contarme lo de la violación y todo lo demás.

—Pero, Ailsa, ¿por qué no me lo dijiste? —preguntó Vinn con voz ronca al tiempo que apartaba las manos de ella, como si no pudiera soportar tocarla—. ¿Por qué me lo has ocultado todo este tiempo? Soy tu marido, Ailsa.

Ella se lo quedó mirando, tratando de averiguar lo que sentía Vinn en ese momento. ¿Estaba enfadado y asqueado?

—Vaya, otra vez lo único que importa eres tú, ¿verdad? —dijo ella—. No te lo dije porque no quería que me miraras como me estás mirando ahora, como si yo fuera algo repugnante, como si fuera un monstruo.

—Yo no te estoy mirando así...

—¿Sabes lo que se siente al enterarte de que eres el fruto de una violación? ¿Sabes lo que es eso? —Ailsa no le dio tiempo a contestar—. Es horrible, es horroroso. Cada vez que me miro al espejo es lo que mc viene a la mente. No me parezco en nada a mi madre y, por supuesto, tampoco a Michael. Y, cuando mi madre me mira, lo que ve es la cara del hombre que la violó. Un hombre que jamás ha pagado por su delito y que, probablemente, a estas alturas, vive tranquilamente con su esposa e hijos.

Ailsa se interrumpió para llenarse de aire los pulmones antes de proseguir.

—Es comprensible que mi madre no me quiera, teniendo en cuenta que yo soy el producto de aquella pesadilla. Le pareció que lo más justo era tenerme y criarme, a Michael también le pareció lo más justo casarse con mi madre y tratarme como si fuera su hija. Pero, de no haber sido por mí, no se habrían casado. Su relación estaba destinada a fracasar y es culpa mía. No es de extrañar que se divorciaran a los pocos meses de que yo me enterara de todo esto. He destruido muchas vidas.

—*Cara*... —Vinn dio un paso hacia ella con expresión de profunda preocupación—. Tú no has hecho nada. Tú eres una víctima inocente de la situación. Igual que tu madre y Michael. Lo que ocurrió fue terrible. Y también lo fue el hecho de que no se hiciera justicia.

Ailsa se apartó de él, tenía miedo de derrumbarse delante de Vinn.

Le sintió acercarse y, al instante, los fuertes brazos de Vinn le rodearon la cintura al tiempo que apoyaba la barbilla en su cabeza. Se le formó un nudo en la garganta y tuvo que tragar varias veces para deshacerse de él.

–Gracias por contármelo –dijo Vinn–. Ha debido de hacerte mucho daño mantener eso en secreto durante tanto tiempo.

Despacio, Ailsa se volvió de cara a Vinn y también le puso los brazos alrededor de la cintura, sus cuerpos se acoplaron de una forma sumamente natural. Entonces, alzó el rostro y, al mirarle a los ojos, le sorprendió ver en ellos una suma ternura.

–Vinn, tienes que prometerme que no se lo dirás nunca a Isaac.

Vinn volvió a fruncir el ceño.

–¿No lo sabe?

–No. Y no quiero que se entere. Y Michael y mi madre tampoco quieren que lo sepa.

–¿Tú crees que es lo mejor? Tanto secreto no os ha servido para mucho, ¿no te parece? De hecho, creo que lo ha empeorado todo.

Ailsa apartó los brazos de él y dio un paso atrás.

–Vinn, no hagas que me arrepienta de habértelo contado. Por ningún motivo quiero que Isaac se entere. No podría soportar que, de repente, dejara de verme como una hermana. No podría soportarlo.

Se hizo un breve silencio.

–Si eso es lo que quieres, de acuerdo, por mí no se enterará –respondió Vinn en tono de resignación y con cierta desgana–. ¿Vas a decirles a Michael y a tu madre que me lo has contado?

Ailsa no había pensado en eso.

—La verdad es que les veo poco últimamente —contestó ella—. Se disgustaron conmigo cuando les dije que me estaba divorciando. En su opinión, debería haber hecho lo posible por salvar nuestro matrimonio.

—Soy yo quien debería haberlo hecho, *cara* —declaró Vinn con expresión de arrepentimiento y pesar.

Ailsa estaba pensando en qué contestar cuando sonó el móvil de Vinn.

Tras una breve conversación, se le iluminó el rostro.

—Gracias por decírmelo. *Ciao*.

—¿Era una llamada del hospital?

Vinn asintió y lanzó un suspiro de alivio.

—Acaban de quitarle la respiración asistida a mi abuelo. Está consciente y estable.

Ailsa también suspiró.

—No sabes cuánto me alegro. ¿Vas a ir a verle ahora o es demasiado pronto?

—Sí, voy a ir a verle ahora mismo, pero tú espérame aquí. En estos momentos, solo se les permite a los más allegados visitarle.

Ailsa hizo lo posible por no sentirse marginada, pero en vano. Ella ya no formaba parte de la familia. En realidad, prácticamente ya no era la esposa de Vinn. No significaba nada para él. Vinn la deseaba, pero eso era todo. Su reconciliación solo duraría un mes. En cierto modo, era solo la amante de Vinn, alguien con la que se acostaba, pero sin esperanzas de futuro.

Capítulo 7

VINN iba conduciendo hacia el hospital como un autómata. No era en su abuelo en quien pensaba, sino en Ailsa.

Ahora que Ailsa le había hablado de lo ocurrido en el pasado, se sentía completamente marginado.

Ailsa le había engañado. Le había mentido. Le había ocultado lo más importante sobre sí misma.

Y eso le hacía recordar el comportamiento de su padre al ocultarle la muerte de su madre cuando era pequeño. Al final, solo había conseguido empeorar la situación. No le habían preparado como hubieran debido hacerlo para enfrentarse a la realidad.

Ahora se sentía como si estuviera reviviendo el pasado otra vez. Perplejo. Atónito. Y enfadado porque Ailsa no hubiera confiado lo suficientemente en él como para contarle la verdad, por dolorosa y triste que fuera. De haber sabido lo de Ailsa, quizá hubiera sido capaz de salvar su matrimonio; por supuesto, habría tenido más cuidado al plantear la posibilidad de tener hijos. Pero había carecido de la información necesaria porque Ailsa solo había querido su cuerpo, sin confiar en él.

¿Era demasiado tarde para remediar los errores del pasado? ¿Qué quería Ailsa de él ahora?

El divorcio, eso era lo que ella quería. Solo había accedido a pasar un mes con él para asegurar el patrocinio a su hermano.

Él seguía deseándola, eso no había cambiado. La deseaba tanto como antes, incluso más. Y sabía que a Ailsa le ocurría lo mismo, por mucho que lo negara.

Pero sus relaciones iban a ser solo temporales, iban a durar un mes únicamente. Eso era lo único que estaba dispuesto a ofrecer a Ailsa.

Para Vinn, era anatema permitir que nadie, mucho menos Ailsa, ejerciera poder sobre él. No, a partir de ese momento, solo iba a tener aventuras amorosas. Cortas y satisfactorias.

Y su relación con Ailsa no iba a ser diferente.

Vinn pasó dos horas sentado al lado de su abuelo en la Unidad de Cuidados Intensivos; aunque el anciano ya respiraba por sí mismo, aparte de un momento en el que medio abrió los ojos y, al ver a su nieto, le apretó débilmente la mano, la mayor parte del tiempo estuvo dormido.

El equipo de cirugía que había practicado la operación se mostraba optimista, aunque no sin reservas. Sin embargo, Vinn no podía aplacar el miedo a que ocurriera una fatalidad.

Sabía que su abuelo, por su edad, tarde o temprano tenía que morir. No obstante... su abuelo era la única persona del mundo en quien él confiaba.

Su abuelo era la única persona a la que quería.

La única persona a la que se permitía a sí mismo querer.

¿Y Ailsa?

Vinn frunció el ceño al pensar en cómo había engañado a su abuelo respecto a su relación con Ailsa. Su abuelo le tenía aprecio, admiraba el carácter de ella y el hecho de que plantara cara a su marido. El único motivo por el que había montado esa farsa era debido al cariño que su abuelo le tenía a Ailsa.

No tenía nada que ver con él, con lo que sentía por ella, fuera lo que fuese lo que sentía por ella. El modo en que Ailsa había acabado con su relación le había tenido enfurecido durante los últimos veintidós meses. Y esa ira había ofuscado cualquier otro sentimiento que hubiera podido sentir por ella. Sentimientos que reprimía porque amar a alguien le hacía vulnerable y, por consiguiente, podía costarle mucho sufrimiento.

Se conformaba con un mes.

Vinn no quería pensar en qué iba a pasar después de ese mes. Y de una cosa estaba seguro, era él quien iba a terminar la relación al cabo de ese mes porque no estaba dispuesto a permitir que Ailsa volviera a abandonarle.

Ailsa estaba medio dormida cuando Vinn regresó del hospital pasada ya la medianoche. Inmediatamente, bajó las escaleras y lo encontró delante de la ventana de su estudio. Vinn no se había molestado en encender las luces y la luna iluminaba su silueta.

—Vinn...

—Vuelve a la cama —dijo él alejándose de la ventana.

Ailsa se adentró en la estancia y el suelo de madera crujió bajo sus pisadas.

—¿Cómo está tu abuelo? ¿Has podido hablar con él?

—Prácticamente nada —Vinn se pasó una mano por el cabello—. Ha estado consciente durante un rato, pero poco. Le tienen muy sedado, por el dolor, y se ha vuelto a dormir inmediatamente.

Ailsa se acercó más a él y le tocó un brazo.

—¿Estás bien?

Vinn esbozó una débil y ladeada sonrisa.

—Me cuesta mucho verle así, tan vulnerable, debatiéndose entre la vida y la muerte.

—¿Qué te ha dicho el médico? ¿Cómo está reaccionando a la operación?

Vinn le agarró la mano que ella había puesto en su brazo, se la volvió y comenzó a acariciarle la palma con el pulgar.

—De momento, está reaccionando bien, pero todavía no se sabe nada. Todas las intervenciones quirúrgicas entrañan riesgo; y esta, una operación tan seria, más. Sobre todo, teniendo en cuenta lo mayor que es mi abuelo.

Ailsa le devolvió las caricias de la mano.

—Carlotta me ha hablado de lo encantadora que era tu madre. También me ha dicho que te quería mucho.

Vinn frunció el ceño.

—¿Cuándo has visto a Carlotta? Creía que iba a pasar fuera toda la semana.

–Esta mañana, después de que tú te marcharas
–contestó ella–. Ha venido para traer algo de compra, pero no se ha quedado mucho tiempo. Tengo la
impresión de que ha venido para ver si realmente
yo había vuelto.

–¿Has discutido con ella?

Ailsa trató de no enfadarse por el modo en que
Vinn siempre se ponía del lado del ama de llaves.

–No se puede decir que discutiéramos.

–¿Qué quieres decir? –preguntó él arqueando
una ceja.

Ailsa lanzó un suspiro y apartó la mano de la de
él.

–Creo que ahora comprendo todo lo que os une.
Carlotta te quiere mucho y desea que seas feliz. Supongo que, desde el principio, se dio cuenta de que,
a la larga, no serías feliz conmigo.

–¿Por qué iba Carlotta a pensar eso?

–Porque yo... no te quiero –dijo Ailsa, traicionando lo que realmente sentía por Vinn.

¿Por qué le había llevado tanto tiempo darse
cuenta de que le amaba profundamente?

–¿Le has dicho eso? –preguntó Vinn fríamente.

–No ha sido necesario –contestó Ailsa–, ella ya
lo sabía. Piensa que me casé contigo por interés.

Vinn le agarró la mano izquierda y acarició el
anillo de boda y el de compromiso.

–¿Y es por eso por lo que te casaste conmigo,
cara? –preguntó Vinn con voz ronca y profunda.

Ailsa se sumió en las profundidades de los oscuros ojos de Vinn y se preguntó si él no podía ver la
verdad en los suyos. Había tratado de ocultar y ne-

gar el verdadero motivo por el que se había casado con Vinn porque, si era sincera consigo misma y admitía que le amaba, su decisión de no tener hijos le rompería el corazón.

—Me casé contigo por esto... —Ailsa se puso de puntillas y le besó.

Vinn le puso las manos en las caderas y la atrajo hacia sí. Sus lenguas se encontraron y ella gimió. Nadie besaba como Vinn. Nadie despertaba en ella semejante lujuria.

Ailsa tiró de la camisa de Vinn sin importarle si le arrancaba o no los botones. Le deseaba con frenesí. Y, a juzgar por lo que el miembro de Vinn había crecido, él la deseaba de igual manera. Con ferocidad.

Ailsa solo llevaba un diminuto camisón y una ligera bata de seda, ambas prendas cayeron a sus pies en cuestión de segundos. También fue al suelo la rasgada camisa de Vinn; después, los pantalones, los calzoncillos y los calcetines.

Ellos mismos, sin saber cómo, acabaron en el suelo, devorándose.

—Deberíamos ir un poco más despacio y...

—Ni se te ocurra ir más despacio —le interrumpió Ailsa hundiendo los dedos en las firmes nalgas de Vinn y tirando de él hacia su sexo—. Te quiero dentro de mí. Ya.

Vinn sonrió y, al penetrarla, Ailsa gritó de placer. Se movió con rapidez dentro de ella y Ailsa siguió sus movimientos con la misma premura, jadeando y gritando mientras una vorágine de sensaciones de placer la embargaba según iba aproximándose al orgasmo.

Le llegó cuando Vinn bajó los dedos y le frotó el henchido clítoris. Ailsa lanzó un grito tan salvaje y primitivo que le pareció imposible que hubiera escapado de su garganta. Su cuerpo se agitó mientras oleadas de placer lo sacudían. Vinn alcanzó el clímax al final del suyo con un agonizante gruñido.

Jadeante, en el suelo debajo de Vinn, Ailsa le acarició la espalda y los hombros. La luz de la luna proyectaba sombras sobre ellos abrazados. La escena era una réplica de tantas otras del pasado, cuando vivían juntos y se entregaban el uno al otro en apasionados encuentros. Pero, en esa ocasión, había algo diferente. No sabía exactamente qué era; o quizá sí. Posiblemente, la diferencia era que ahora Vinn estaba enterado de su pasado y ella se sentía aliviada, más libre, más liviana. Más... normal.

Vinn, apoyándose en los codos, se incorporó ligeramente.

–¿No he ido demasiado rápido?

Ailsa sonrió y le apartó un mechón de cabello del rostro.

–No. Estoy bien, a excepción de que tengo la espalda irritada por la alfombra.

Con expresión de preocupación, Vinn la hizo volverse para examinarle la espalda. Entonces, le besó los omoplatos. Vinn la hizo girar una vez más y le plantó un beso en la barbilla.

–Se me olvida lo sensible que tienes la piel.

–Y yo no estoy tan segura de que seas tan duro como quieres hacer creer a la gente.

Mientras Vinn la miraba a los ojos, a Ailsa le preocupó que pudiera ver en ellos más de lo que convenía, que pudiera ver en ellos que se había vuelto a enamorar de él. Aunque, en realidad, siempre había estado enamorada de Vinn.

Ailsa apartó la mirada y le acarició la clavícula.

—¿Vamos a pasarnos la noche aquí en el suelo o vamos a ir a la cama?

Vinn le alzó la barbilla para obligarla a mirarle a los ojos.

—¿A qué cama te refieres? ¿A la mía o a la de la habitación de invitados que estás ocupando?

—¿Tengo elección? —preguntó Ailsa con una mueca.

—Eso depende —Vinn le acarició los labios con los suyos.

—¿De qué? —preguntó Ailsa lamiéndose los labios.

—¿De si estamos hablando de mi fuerza de voluntad o de la tuya?

Ailsa paseó un dedo por el abdomen de Vinn y siguió en camino descendente hasta su miembro para después acariciarle la húmeda punta que parecía lista para volver a aparearse.

—¿Qué tal tu fuerza de voluntad en estos momentos?

Los oscuros ojos de Vinn brillaron.

—Fatal.

Y la boca de Vinn cubrió la suya al instante.

Capítulo 8

DOS SEMANAS después, al despertar una mañana, Ailsa comenzó a preguntarse cómo iba a volver a su vida normal en Londres. Vinn y ella habían establecido una rutina: Vinn se levantaba temprano, atendía sus negocios, volvía a casa a media mañana y juntos iban al hospital a visitar a su abuelo.

Dom había salido de la Unidad de Cuidados Intensivos, estaba en una habitación privada y, aunque aún débil, se encontraba mejor.

Otro cambio que había tenido lugar durante esas dos semanas era su relación con Carlotta. El ama de llaves iba a la casa temprano, después de que Vinn se marchara a la oficina, y realizaba las tareas domésticas necesarias. Ya no hacía la cena como antes, Ailsa le había explicado que Vinn y ella cenaban fuera la mayoría de los días y que, cuando se quedaran en la casa, podría cocinar ella. En vez de protestar, Carlotta parecía contenta de que ella estuviera asumiendo el papel de ama de casa, al contrario de lo que había ocurrido dos años atrás.

Ailsa apartó la ropa de cama; pero, al levantarse, se sintió mareada, con náuseas, y se dejó caer en la cama. Esperó unos minutos antes de volver a incorporarse despacio. Aunque el mareo se le había pasado, seguía con el estómago revuelto.

Se duchó y se vistió. Quería recuperarse antes de que Vinn volviera del trabajo, no quería darle más preocupaciones de las que ya tenía.

Carlotta estaba en la cocina cuando ella bajó y entró allí.

–¿Se encuentra bien? –le preguntó Carlotta mirándola fijamente–. Está muy pálida.

Ailsa se llevó una mano al estómago.

–Me ha debido de sentar mal la cena de anoche. Quizá la comida era demasiado fuerte.

–Siéntese, *signora* Gagliardi –dijo Carlotta apartando una silla–. Le prepararé un té y una tostada.

Ailsa se sentó, extrañada de que el ama de llaves le hubiera ofrecido un té y una tostada. No podía ser que se hubiera quedado embarazada, aún tenía el implante anticonceptivo en el brazo. Sí, ya había pasado la fecha de caducidad, pero debería seguir funcionando, pensó llevándose la mano al vientre.

No apartó la mano a tiempo, Carlotta percibió el gesto.

–¿Se lo va a decir?

–¿Decir qué? –preguntó Ailsa tragando saliva.

–Que va a tener un *bambino*.

Ailsa lanzó una ahogada carcajada.

–No voy a tener un...

–¿No es él el padre?

A Ailsa le sorprendió la insinuación del ama de llaves. De repente, le entraron ganas de llorar. No podía pasarle eso ahora. Ni nunca. No podía tener un hijo con Vinn. No podía permitirse soñar con sostener el hijo de los dos en sus brazos, con pasar el resto de la vida con él. Vinn no quería una relación permanente con ella.

Carlotta le llevó una taza de té y se sentó a la mesa, frente a ella.

—Beba. La tostada estará lista dentro de un momento. Cómala despacio, hasta que el estómago se asiente.

De repente, Ailsa se echó a llorar y se tapó el rostro con las manos.

—No puede pasarme esto... no puedo... no puedo tener un hijo. No puedo.

Carlotta le acarició la cabeza con ternura, lo que la hizo llorar más.

—Tiene suerte de estar embarazada. Yo habría dado cualquier cosa por tener un hijo, pero no pude. Mi marido me dejó precisamente por eso.

Ailsa se apartó las manos de la cara para mirar al ama de llaves.

—Siento mucho que no pudiera tener hijos, lo digo de todo corazón. Yo, sin embargo, nunca he querido tener hijos. El trabajo es lo más importante para mí.

Carlotta le acarició el cabello como si ella fuera una niña, su mirada estaba llena de sabiduría.

—¿Nunca ha querido tener hijos?

—Yo... La situación es complicada y preferiría no hablar de ello.

—Vinn será un buen padre –dijo Carlotta sin dejar de acariciarla–. No será un irresponsable como su padre. Vinn cuidará de usted y de su hijo...

—Pero... ¿me amará? –preguntó Ailsa mirando a Carlotta a los ojos.

—Puede que no lo diga, pero sé que se preocupa por usted. ¿Por qué si no iba a haberle pedido que volviera con él?

Ailsa se levantó y se agarró al borde de la mesa por si se mareaba otra vez.

—Por favor, le ruego que no se lo diga. Antes de nada, necesito estar segura.

—¿Está pensando en abortar?

—No —respondió Ailsa, dándose cuenta en ese momento de la sinceridad de su respuesta—. No, no puedo hacer eso. Puede que, para algunas mujeres, sea lo mejor, pero no para mí.

—Vinn tiene derecho a saberlo lo antes...

—Se lo diré cuando llegue el momento —la interrumpió Ailsa—. Podría tratarse de una falsa alarma, así que no quiero que Vinn se haga falsas ilusiones. A la larga, eso le haría daño.

Carlotta no pareció convencida, pero accedió a guardar silencio.

—¿Puedo hacer algo por usted, *signora* Gagliardi?

Ailsa forzó una sonrisa.

—Sí, tutéeme, llámeme Ailsa.

Carlotta sonrió.

—Como quieras, Ailsa.

Vinn regresó a la villa más tarde de lo acostumbrado, cerca del mediodía. Encontró a Ailsa sentada en el jardín con una revista sobre las piernas, pero tenía la mirada perdida en el horizonte.

Al oírle, Ailsa se sobresaltó y, rápidamente, se

puso en pie. Sin embargo, pareció tropezarse y estuvo a punto de caerse.

Vinn fue corriendo para sujetarla.

–*Cara*, ¿qué te pasa?

Ella se agarró a él.

–Creo que es el calor...

A Vinn no le pareció que hiciera demasiado calor; no obstante, estaba acostumbrado a la primavera de Milán, mucho más cálida que la de Londres.

–Siéntate aquí, a la sombra –Vinn la condujo a un banco del jardín, la hizo sentarse y, después, se puso en cuclillas delante de ella con las manos en las rodillas de Ailsa–. ¿Te encuentras mejor ya?

–Sí, mucho mejor –respondió Ailsa con una débil sonrisa.

No, Ailsa no tenía buena cara. Estaba muy pálida y unas gotas de sudor le cubrían las sienes.

–Creo que será mejor que no vengas conmigo al hospital a ver al abuelo. Debe de ser un virus.

–De acuerdo.

Vinn se incorporó y ayudó a Ailsa a ponerse en pie.

–Ven, *cara*. Vamos adentro. Llamaré al doctor y le diré que venga a...

–¡No! –exclamó ella con una nota de pánico en la voz–. No, no es necesario que me vea el médico. Es solo un virus...

Vinn le puso las manos en los hombros.

–¿Seguro que estás bien, *cara*?

–Sí. Solo necesito tumbarme un rato.

Vinn la acompañó a la habitación y le llevó un refresco.

–No tardaré. Voy a ver cómo está el abuelo y enseguida volveré a casa.

–Bien.

Ailsa esperó a que Vinn se marchara para apartar la ropa de cama con la que Vinn la había tapado hacía solo unos minutos. Mareada o no, tenía que comprar un dispositivo para hacerse la prueba del embarazo.

Tenía que saber si estaba embarazada o no.

Se dirigió a la farmacia más cercana con una mezcla de perplejidad, angustia y, al mismo tiempo, alegría y entusiasmo. No pudo evitar sentir tristeza por su madre, por lo sola y desesperada que debía de haberse sentido al saber que estaba embarazada y sin poder contarle a nadie lo que le había ocurrido. En una ocasión, su madre le había dicho que se había enterado demasiado tarde para abortar; sin embargo, ¿por qué no la había dado en adopción?

Debería hablar con su madre, quizá así llegara a comprenderla mejor en vez de permitir que, cada vez, estuvieran más distanciadas.

En el camino de regreso, después de comprar el dispositivo en la farmacia, sacó el móvil del bolso. Nunca había sentido la necesidad de hablar con su madre, pero ahora sí. Y sintió un gran alivio cuando su madre contestó.

–Mamá...

–Ailsa... –respondió su madre en tono distraído, como si estuviera con alguien. ¿Habría otro hombre en su vida?

–¿Te pillo en mal momento?

–No, claro que no.

–Mamá, ¿te importaría que te hiciera una pregunta?

–¿Qué te pasa? Te noto preocupada. ¿Ha ocurrido algo entre Vinn y tú?

Ailsa respiró hondo.

–Mamá, ¿por qué no me diste en adopción? ¿Pensaste hacerlo y...?

–Sí, lo pensé al principio. Pero, al cabo de un tiempo, me di cuenta de que no podía hacer eso.

–En ese caso... ¿querías tenerme?

–Mentiría si dijera que estaba encantada de haberme quedado embarazada –respondió su madre–, no tenía mucho instinto maternal. Quería tener hijos, pero no creo que me hubiera importado mucho no tenerlos. Sin embargo, a los seis meses de embarazo, me di cuenta de que nunca podría permitir que otras personas te criaran. Lo que no entiendo es por qué me preguntas esto ahora.

–Mamá, creo que estoy embarazada –anunció Ailsa–. No sé qué hacer.

–¿Te has hecho la prueba del embarazo?

–No, todavía no. Pero acabo de comprar un dispositivo para hacérmela. Solo quería hablar con alguien. Bueno, en realidad, quería hablar contigo.

–Oh, Ailsa... –su madre lanzó un suspiro–. No creo que yo sea la persona más indicada para dar consejos. Tenía sentimientos conflictivos cuando estaba embarazada de ti y sé que eso ha condicionado nuestra relación, pero...

–Lo sé y lo comprendo –respondió Ailsa–. Debió de ser horrible para ti quedarte embarazada de esa manera.

–No fue solo por lo que me pasó –dijo su madre–. Me ocurrió lo mismo con el embarazo de Isaac. No soy muy maternal. Por mucho que me avergüence decirlo, es la verdad, es mi personalidad. Pero eso no significa que no te quiera. Fue duro, pero me alegro de haberte tenido. El problema es que no se me da bien demostrar mis sentimientos. Quizá... tú puedas ayudarme. ¿Qué te parece?

–Me encantaría –respondió Ailsa con una súbita emoción–. Me haré la prueba y, cuando sepa el resultado, te llamaré, ¿de acuerdo?

Tras cortar la comunicación, Ailsa sintió una gran alegría. Tenía la esperanza de lograr una mejor relación con su madre y, quizá, un futuro con Vinn.

Albergaba la esperanza de tener un hijo.

Vinn decidió pasar por la floristería de camino a casa al salir del hospital. Quería llevarle un ramo de flores a Ailsa. No tenía buen aspecto, estaba muy pálida, y pensó que unas flores la animarían.

Con el paso del tiempo, cada vez era más consciente del poco tiempo que les quedaba de estar juntos. Todavía era demasiado pronto para saber si su abuelo estaba completamente fuera de peligro; aún podía tener complicaciones durante ese periodo de recuperación y, por eso, estaba bajo estricta observación médica.

Vinn deseó haber insistido en los tres meses que, inicialmente, había propuesto. De esa forma, habría tiempo más que de sobra para que su abuelo saliera del hospital y se instalara en el apartamento que le había comprado en un edificio que contaba con equipo médico las veinticuatro horas del día.

¿Qué diría Ailsa si le pedía que se quedara tres meses? Contando, por supuesto, con que fuera a Londres en caso de que fuese necesario. Él podría acompañarla incluso; desde hacía tiempo, había pensado en abrir una sucursal de su negocio de muebles en el Reino Unido.

Comenzó a darle vueltas a la cabeza respecto a la posibilidad de posponer el divorcio o de olvidarlo por completo. Ya funcionaban como pareja. Se comunicaban entre ellos mejor que nunca y su relación sexual era magnífica, más satisfactoria incluso que de recién casados. Y ahora que sabía todo lo referente al nacimiento de Ailsa, se dio cuenta de hasta qué punto había sido una equivocación hablar de tener hijos dos años atrás. No obstante, ¿podía él renunciar a tener hijos? ¿Podía arriesgarse a que Ailsa no cambiara de idea al respecto?

Su abuelo era ya un anciano y su mayor ilusión era sostener en los brazos a un biznieto antes de morir. Y también era la ilusión de su vida. Quería tener a un hijo en los brazos, un hijo que les uniera a Ailsa y a él porque no podía imaginarse tener hijos con nadie más.

«Pero Ailsa no te ama».

Vinn apartó esa idea de su mente. ¿Qué tenía que ver el amor con eso? Ese tipo de amor romántico era pasajero; con frecuencia, no duraba mucho más allá de la luna de miel. Hacerse cargo de una persona, responsabilizarse de ella, compartir la vida con ella y tener familia requerían solidez y madurez.

Dos años atrás, no había comprendido el rechazo de Ailsa a tener hijos. Pero ahora sí, y no veía motivo para no hablar claramente de ello y quizá llegar a un acuerdo. Su relación había cambiado y, ahora, todos los días estaba deseando volver a casa para estar con Ailsa. Quizá no estuviera enamorado de ella al estilo de las películas de Hollywood, pero la apreciaba y quería que formara parte de su vida.

No durante un mes ni tres meses, sino durante toda la vida.

Capítulo 9

AILSA estaba en el cuarto de baño de una de las habitaciones de invitados cuando oyó los pasos de Vinn en las escaleras, lo que le extrañó, dado que Vinn solía quedarse un par de horas en el hospital con su abuelo.

El corazón comenzó a palpitarle con fuerza, estaba leyendo las instrucciones del dispositivo para hacerse la prueba del embarazo. Rápidamente, guardó el dispositivo en la bolsa de papel y lo metió en el mueble del lavabo.

–Ailsa... –dijo Vinn mientras llamaba a la puerta con los nudillos–. ¿Estás bien?

–Sí –respondió ella al tiempo que respiraba hondo–. Ya salgo.

Ailsa abrió el grifo para hacer como si se estuviera lavando las manos.

–Ailsa, abre la puerta.

Una súbita angustia le atenazó el pecho.

–Vete. Te he dicho que enseguida salgo.

–No, no voy a marcharme –respondió Vinn con una determinación que la hizo temblar.

Ailsa volvió a respirar hondo, hizo lo que pudo por recuperar la compostura y abrió la puerta.

—¿Es que no voy a poder tener un poco de intimidad?

Con expresión de preocupación, Vinn la miró de arriba abajo.

—¿Por qué has cerrado la puerta con llave? ¿Has estado vomitando?

A Ailsa le resultó difícil mirarle a los ojos. No podía decirle nada sin estar segura antes. O... ¿debía decírselo? No sabía qué hacer. Por fin, lanzó un sonoro suspiro y declaró:

—He... he ido a la farmacia.

—En casa hay analgésicos. Si me hubieras preguntado...

—No he ido a comprar analgésicos —volvió a llenarse los pulmones de aire—. He ido a comprar un dispositivo para hacerme la prueba del embarazo.

Lo primero que vio en el rostro de Vinn fue asombro; después, vio un intenso brillo en sus ojos y una enorme sonrisa.

—¿Estás embarazada? ¿En serio? Tesoro, eso es maravilloso. Justo estaba pensando en pedirte que suspendiéramos el divorcio. Me gustaría que intentáramos rehacer nuestro matrimonio.

¿Vinn quería volver con ella definitivamente? ¿Lo había pensado antes o se le acababa de ocurrir ahora que sabía que ella podía estar embarazada? ¿Cómo averiguar si se trataba de lo que sentía por ella o porque se ajustaba a sus planes y a su deseo de formar una familia? ¿Cómo iba ella a aceptar rehacer su matrimonio sabiendo que lo único que Vinn quería era un hijo, no a la madre de su hijo?

—Todavía no me he hecho la prueba —aclaró

Ailsa–. Estaba a punto de hacérmela cuando has aparecido tú aporreando la puerta.

Vinn, sonriendo, la abrazó.

–Perdona, *cara*. Me tenías muy preocupado –contestó él–. Hagamos la prueba juntos, ¿te parece?

–No te hagas demasiadas ilusiones, Vinn –dijo Ailsa mordiéndose los labios.

–¿Estás pensando en abortar? –preguntó él agarrándola con más fuerza.

Ailsa se zafó de él y se frotó los brazos.

–No digas tonterías. Claro que no estoy pensando en abortar.

Vinn volvió a acercarse a ella y le acarició los brazos.

–Venga, vamos a hacer la prueba para saber si estás o no embarazada.

Ailsa suspiró y, apartándose de Vinn, volvió al cuarto de baño y sacó la bolsa con el dispositivo. Vinn se quedó esperando fuera mientras ella recogía una muestra de orina. Después, abrió la puerta del baño para que Vinn entrara y presenciara el proceso.

–¿Eso son dos líneas? –preguntó Vinn con excitación.

–No, todavía no, es demasiado pronto.

Los nervios se le habían agarrado al estómago. Dos líneas significaban que iba a ser madre. Dos líneas le cambiarían la vida.

Pero no hubo dos líneas.

La prueba dio negativo.

La desilusión de Vinn fue visible, haciéndose eco de la suya. Debería sentir alivio, no decepción. Era una buena noticia, ¿no?

No. Porque quería tener un hijo. Pero no con un hombre que no la amaba.

No solo quería un hijo, quería también que Vinn la amara tanto como ella a él, como siempre le había amado. ¿Cómo iba a aceptar volver a su vida de casada con Vinn consciente de que nada había cambiado? Cierto que Vinn, ahora, sabía las circunstancias en las que había sido concebida, pero seguía sin estar enamorado de ella. No se lo había dicho.

—No te preocupes, *cara* —dijo Vinn rodeándole la cintura con los brazos—. Seguiremos intentándolo. Pronto te quedarás embarazada, ya lo verás.

Ailsa se separó de él.

—Para, Vinn. Deja de planificar mi futuro sin siquiera molestarte en preguntarme qué es lo que quiero.

—¿Qué estás diciendo? —preguntó Vinn frunciendo el ceño—. Querías estar embarazada, lo he visto en tus ojos. Sé que, igual que yo, te has llevado una desilusión. Estoy convencido de ello.

Ailsa no vio motivo para negarlo. No iba a engañarse a sí misma una vez más. Tenía que dejar claro lo que quería y no conformarse con menos.

—Tienes razón, quiero tener un hijo. Pero quiero tenerlo con un hombre que me ame más que a nada en el mundo. Y tú no eres ese hombre. Tú mismo me has dicho que jamás podrás ser ese hombre.

—Pero, *cara*, seremos unos padres estupendos —declaró Vinn—. Estamos bien juntos. ¿Qué importancia tiene que no estemos enamorados el uno del otro? Nos deseamos y nos respetamos. ¿No es eso suficiente para formar una familia?

Ailsa lanzó un suspiro de frustración.

—No puedo vivir con un hombre que se niega a enamorarse de mí, que lucha contra ello como si el amor fuera una especie de virus mortal. Necesito que me quieran por ser quien soy, Vinn, con todas mis virtudes y a pesar de mis defectos.

—Te tengo cariño, Ailsa. Eso lo sabes, ¿verdad?

—Pero no puedes decir que me amas, ¿no? ¿Por qué te asusta tanto admitir que lo que sientes por mí es algo más que aprecio?

—Pero te aprecio. Siempre te he...

Ailsa, al borde de la histeria, lanzó una carcajada.

—Me aprecias. ¿Qué significa eso? Te diré lo que significa, significa que no me amas. Nunca me has querido. No puedes, o no quieres, amarme.

—Y tú tampoco me amas, así que no veo cuál es el problema.

Ailsa sacudió la cabeza, exasperada por la incapacidad de Vinn de ver lo que tenía delante de los ojos. Pero no iba a decírselo. No iba a decirle que le quería. No iba a sufrir la humillación que le causaría el rechazo de Vinn y conformarse con la propuesta de una unión sin amor.

—Vuelvo a Londres, Vinn. Hoy mismo. Siento mucho que eso pueda disgustar a tu abuelo, pero estoy segura de que él lo comprenderá. No puedo seguir casada contigo así. Me merezco mucho más y tú también.

—Así que te marchas, ¿eh? —dijo él con voz repentinamente gélida–. Sabes lo que va a ocurrir con el patrocinio de tu hermano, ¿verdad?

–Espero que Isaac no tenga que sufrir las consecuencias de que tú y yo no podamos estar juntos –declaró Ailsa–. En cuanto al dinero que me has dado, por supuesto que te lo devolveré.

–Guárdatelo –Vinn apretó los labios–. Te lo has ganado.

–No es necesario recurrir a los insultos, Vinn –repuso ella–. Es justo por eso por lo que me marcho, para evitar que sigamos haciéndonos daño el uno al otro. Y no quiero que el proceso de divorcio se prolongue, necesitamos comportarnos de forma civilizada.

–¿Civilizada? En ese caso, me parece que no deberías haberte casado conmigo.

Sin más, Vinn se dio media vuelta y la dejó con el corazón destrozado por compañía.

Vinn quería dar puñetazos en las paredes de lo furioso que estaba. Ailsa se iba, otra vez. Había roto su relación media hora después de que ambos atisbaran un futuro juntos.

Un futuro con hijos, con familia. La familia que deseaba más que el éxito en los negocios.

Así que Ailsa quería que se divorciaran de forma civilizada, ¿eh? Desde luego, en esos momentos no se sentía nada civilizado. Estaba a punto de estallar. Era como si todas las emociones que llevaba años conteniendo estuvieran a punto de explotar.

¿Tenía él la culpa de no poder pronunciar las

palabras que Ailsa deseaba oír? ¿Tenía él la culpa de haber aprendido a no sentir amor por nadie con el fin de evitar que se lo pudieran quitar? La muerte de su madre le había marcado para siempre; el sentimiento de pérdida había sido indescriptible. Para él, amor y pérdida eran inseparables.

Capítulo 10

VINN tenía miedo de decirle a su abuelo que Ailsa le había dejado. Pensó en no decírselo, pero eso equivaldría a comportarse como lo había hecho su padre, hacer como si todo estuviera bien cuando no lo estaba. Terrible. No obstante, en cierto modo, ahora podía comprender por qué su padre le había ocultado la gravedad del estado de su madre. Su padre había tratado de evitarle sufrimiento y lo había hecho de la única manera que se le había ocurrido, mintiendo, ocultando la verdad hasta el momento en que no pudo seguir haciéndolo.

No obstante, ahora, Vinn tenía que enfrentarse al hecho de que Ailsa le había dejado, igual que había tenido que aceptar el fallecimiento de su madre. Nada la haría volver. Ailsa no le amaba.

Cuando Vinn fue al hospital al día siguiente de que Ailsa regresara a Londres, su abuelo tenía algo de fiebre y estaba tomando antibióticos. Le preocupó lo frágil que veía a su abuelo.

¿Afectaría a la salud de su abuelo enterarse de que Ailsa se había marchado? Sin embargo, sabía que no podía seguir alimentando aquella farsa.

–¿No va a venir Ailsa tampoco hoy? –preguntó

su abuelo al verle llegar solo–. ¿No se encuentra mejor?

Vinn llevó una silla al lado de la cama, se sentó y respiró hondo.

–No sé cómo decírtelo, *nonno,* pero... Ailsa ha vuelto a Londres.

–¿Por el trabajo?

Le resultaría muy fácil mentir. Lo único que tenía que hacer era retrasar lo inevitable un par de días más.

–No, no solo por el trabajo –respondió Vinn–. Lo cierto es que... no habíamos vuelto a estar juntos de verdad.

Su abuelo le puso una mano en el brazo.

–¿Crees que no lo sabía?

Vinn se quedó mirando a su abuelo con expresión perpleja.

–¿Lo sabías?

Su abuelo asintió.

–Te agradezco la buena intención, sé que lo que hiciste lo hiciste por mí. Pero, Vinn, tienes que querer que vuelva contigo por ti mismo, no por mí. Sé que no puedes vivir sin ella, solo Ailsa puede llenar el vacío que su ausencia te provoca.

Vinn sintió un nudo en la garganta. No podía hablar. Era verdad, el vacío que Ailsa le había dejado era inmenso. De repente, sintió como si algo oculto en lo más profundo de su ser acabara de subir a la superficie. No había podido decirle que la quería, pero la quería, ya no podía ignorarlo por más tiempo. Lo que le había aterrorizado no había sido enamorarse, sino perder a la persona a la que quería con toda el alma. Ahora, debía demostrar el valor suficiente para revelar esos sentimientos.

—La quiero, *nonno*. Pero creo que lo he estropeado todo otra vez.

—¿Le has dicho que la quieres?

Vinn no se atrevió a mirar a su abuelo a los ojos. Quería a Ailsa. La quería más que a nada en el mundo.

Por fin, alzó el rostro y sostuvo la mirada de su abuelo.

—¿Y si ya no tiene arreglo? ¿Y si es demasiado tarde?

—Eso no vas a averiguarlo si te quedas aquí sentado a mi lado —respondió su abuelo—. Con quien tienes que hablar es con ella.

Vinn se puso en pie de un salto.

—Tienes razón. Sin embargo, no me hace gracia dejarte aquí ahora que tienes una infección. ¿Y si...? —Vinn no pudo completar la frase, la emoción le cerró la garganta.

Con la mano, su abuelo le indicó la puerta.

—Vamos, vete. No me va a pasar nada, aún no estoy dispuesto a abandonar este mundo —un travieso brillo asomó a los ojos de su abuelo—. Antes de irme de este mundo, me queda todavía una cosa por hacer.

Ailsa ya estaba bien de salud, pero se encontraba sumamente desanimada y sin ganas de hacer nada, ni siquiera de trabajar.

Habían transcurrido cuarenta y ocho horas desde

que se marchó de Italia y, hasta el momento, no había tenido noticias de Vinn. No le extrañaba, no había esperado que se pusiera en contacto con ella. Su relación se había acabado y, cuanto antes se hiciera a la idea, mucho mejor para ella. A pesar de ello, cada vez que se abría la puerta de su estudio, le daba un vuelco el corazón; por absurdo que fuera, no había perdido la esperanza de que, en cualquier momento, Vinn se presentara allí.

Había enviado un mensaje a su madre para comunicarle que no estaba embarazada, y había dicho tanto a su madre como a su padrastro que había dejado a Vinn, no quería que se enteraran por la prensa. Su madre le había contestado y le había dicho que iría a verla tan pronto como le fuera posible.

Era la hora del almuerzo cuando la campanilla de la puerta sonó otra vez. Al levantar la cabeza, Ailsa vio a su madre y a Michael. Casi siempre que su madre le había dicho que iría a verla, había dejado pasar días y días antes de cumplir su palabra. ¿Significaba esa visita que su relación estaba mejorando?

—Mamá, papá, ¿cómo es que habéis venido?

—Estábamos preocupados por ti —respondió rápidamente su madre—. Nos ha entristecido mucho que Vinn y tú no os hayáis entendido. ¿Cómo te encuentras? ¿Podemos ayudarte en algo?

Ailsa sacudió la cabeza y suspiró.

—No, nadie puede hacer nada.

Su madre, con una visible angustia reflejada en el rostro, lanzó una mirada a Michael.

–Sentimos mucho todo lo que ha pasado, yo en particular –dijo su madre–. Sé que no he sido una buena madre para ti. Lo he intentado, pero me sentía tan confusa... En fin, reconozco que debería haber ido a un psicólogo en vez de guardármelo todo. Pero las cosas van a cambiar a partir de ahora, así que...

–Mamá, no te preocupes, de verdad. No tienes que pedir disculpas.

–Hija, me gustaría que estuviéramos más unidas –declaró su madre–. Desde que tu padre y yo nos divorciamos... Perdona, no puedo evitar referirme a Michael como si fuera tu padre...

–Mamá, en serio, deja de preocuparte. Michael es mi padre –Ailsa se volvió hacia Michael–. Tú eres el único padre que he tenido y el único padre que quiero tener.

Michael parpadeó para contener las lágrimas y luego agarró la mano de su exmujer.

–Gracias, cielo. Lo que tu madre está intentando explicar es que... estamos intentando arreglar las cosas entre los dos. Hemos empezado a ir juntos a un psicólogo.

Ailsa clavó los ojos en las manos unidas de sus padres. También se dio cuenta de que a su madre le brillaba la mirada y de que había perdido esa expresión sombría que solía acompañarla.

–¿Qué pasa entre los dos?

Su madre sonrió.

–Siento decir esto ahora que tú acabas de romper otra vez con Vinn, pero... tu padre y yo nos hemos dado cuenta de que no somos felices si no estamos juntos.

–No lo entiendo, no erais felices juntos.

–Porque no éramos sinceros el uno con el otro –dijo Michael–. Ahora, es otra cosa, estamos aprendiendo a serlo. No quiero perder a tu madre. No quiero perder a nuestra familia.

Ailsa no podía dar crédito a lo que estaba oyendo.

–¿Os vais a volver a casar?

–Es posible –respondió su madre–, aunque no es seguro del todo. Por el momento, estamos intentando superar el pasado, dejarlo atrás, y pensar en el futuro.

Ailsa abrazó a sus padres.

–No sabéis cuánto me alegro.

Ojalá pudiera ella hacer lo mismo, dejar el pasado atrás y pensar en el futuro.

Ailsa estaba a punto de cerrar el estudio aquel día cuando vio a Vinn acercarse a la puerta. Contuvo la respiración, dejó la llave en la cerradura de la puerta y se llevó la mano al pecho para tocarse el corazón.

¿Vinn había dejado a su abuelo en Milán para ir a verla a ella? ¿Qué significaba eso?

–Vinn...

–¿Podemos hablar? –dijo Vinn.

Ailsa se apartó para dejarle entrar y después cerró la puerta.

–¿Cómo es que has venido? ¿Cómo se encuentra tu abuelo? No, por favor, no me digas que ha pasado algo.

Vinn sonrió y le agarró ambas manos.

–Sí, ha pasado una cosa, *cara*. Por fin he recuperado la razón y me he dado cuenta de que te amo. ¿Podrás perdonarme por no habértelo dicho antes?

Ailsa parpadeó repetidamente.

–¿Que me quieres?

Vinn le apretó las manos con ternura, le brillaban los ojos.

–Te quiero con locura. No me puedo creer lo que me ha costado reconocerlo. Me daba mucho miedo, me aterraba admitir que te necesito, que te quiero tanto que no podía quitarme el anillo de casado porque era todo lo que me quedaba de ti. Por eso despedí a Rosa. Ella me dijo que era un estúpido por dejar marchar a la esposa de la que estaba enamorado sin luchar por ella. Preferí despedirla antes que enfrentarme a la realidad. Y te he dejado marchar dos veces. Por favor, dime que me perdonas y que vas a volver conmigo.

Ailsa, riendo y llorando al mismo tiempo, se arrojó a los brazos de él y le rodeó el cuello.

–Yo también te quiero.

–¿Me quieres? ¿En serio? ¿A pesar de todos los errores que he cometido?

Ailsa sonrió.

–Claro que sí. Además, puedo demostrártelo sin necesidad de decírtelo.

Vinn le devolvió la sonrisa.

–Cierto. Pero dado lo cabezota que soy, creo que sería mejor que me lo dijeras de vez en cuando. Al menos, una o dos veces al día.

–Te quiero –Ailsa le besó–. Te quiero, te quiero, te quiero.

–Para empezar, no está mal –Vinn también la besó–. *Cara*, no te divorcies de mí, por favor. No es necesario que vivamos todo el tiempo en Milán, estoy pensando en abrir una tienda aquí. Quizá podrías recomendarme a tus clientes.

–Por supuesto.

Vinn le acarició el rostro.

–Eres una persona maravillosa, *cara*. Y que no me entere yo de que piensas lo contrario.

Ailsa volvió a sonreír.

–Últimamente yo también me he dado cuenta de algunas cosas. Soy mucho más que mi ADN. Aunque no sepa quién es mi padre biológico, sé quién soy yo y eso es lo único que importa.

Vinn la estrechó en sus brazos.

–Justo por eso es por lo que te quiero y me voy a pasar la vida demostrándotelo.

–Pensaba que solo querías estar conmigo porque creías que estaba embarazada. No me habría marchado si hubiera sabido que me querías.

Vinn sacudió la cabeza.

–El otro día, cuando te marchaste, antes de saber que cabía la posibilidad de que estuvieras embarazada, te había comprado un ramo de flores y te iba a pedir que te quedaras conmigo. Supongo que, a mi modo, era una manera de expresar lo que sentía por ti sin decírtelo con palabras.

Ailsa le acarició el mentón.

–Hemos sido tontos. En vez de hacer el amor, hemos estado peleándonos.

Los oscuros ojos de Vinn brillaron por la emoción.

–Pase lo que pase, te quiero. Tener hijos no es tan importante para mí como tú. Te amo y con eso me daré por satisfecho.

Los ojos de Ailsa también estaban llenos de lágrimas.

–Oh, Vinn, quiero tener un hijo. No sabía cuánto lo deseaba hasta que no me hice la prueba del embarazo en el baño.

–¿Quieres tener hijos? ¿En serio? –Vinn la estrechó contra sí–. No lo dices por complacerme, ¿verdad?

–No, cariño, lo digo porque quiero que tengamos una familia –Ailsa esbozó una radiante sonrisa–. ¿Cuándo podríamos empezar?

Vinn le devolvió la sonrisa y la besó.

–Ahora mismo.

Epílogo

Tres meses más tarde...

Fue una forma poco corriente de averiguar si estaba embarazada o no, pero a Ailsa no le importó. Poco corriente porque en vez de estar solo Vinn y ella en el cuarto de baño esperando a ver si aparecían las dos rayitas en el dispositivo y con ambos conteniendo la respiración, el abuelo de Vinn, Carlotta y Rosa también esperaban el resultado sentados en el cuarto de estar.

Rosa había vuelto a trabajar con Vinn. Era tan eficiente que él ahora podía permitirse más tiempo libre para estar con su abuelo y con su esposa.

A Ailsa se le hinchó el pecho al ver dos rayas. Vinn, a su vez, le apretó la cintura.

–En mi opinión, eso ha dado positivo –dijo Vinn sonriendo traviesamente–. ¿Qué opinas tú?

Ailsa, feliz, le echó los brazos al cuello.

–Opino que vas a ser el mejor padre del mundo. Te quiero. ¿Tienes idea de lo mucho que te quiero?

Vinn le dio un tierno beso en la boca.

–Yo también te quiero, tanto que no puedo expresarlo con palabras. Aunque, por otra parte, ahora ya se me da muy bien decirlo, ¿no crees?

—Sí, lo creo —Ailsa le devolvió el beso—. Y yo jamás me cansaré de oírtelo decir.

Vinn le acarició el rostro.

—Me muero de ganas de dar la buena noticia al abuelo, a Carlotta y a Rosa. Pero antes... tengo que hacer otra cosa.

—¿Qué?

—Esto —respondió Vinn, y le cubrió la boca con la suya.

Bianca

**¡De amante de una noche…
a novia embarazada!**

DAMA DE
UNA NOCHE

Chantelle Shaw

Habiendo en juego la adquisición de una nueva empresa, Giannis Gekas se vio en la necesidad de deshacerse de su reputación de playboy, y para ello nada mejor que reclutar a la hermosa Ava Sheridan y que ella se hiciera pasar por su prometida. Pero, tras las puertas cerradas, ¡la atracción que sentían el uno por el otro podía calificarse de todo menos de falsa!

Que Ava intentase mantener en secreto las consecuencias de su pasión lo puso verdaderamente furioso y, para legitimar a su hijo, solo le dejó una opción: ¡hacer de ella su esposa!

Acepte 2 de nuestras mejores novelas de amor GRATIS

¡Y reciba un regalo sorpresa!

Oferta especial de tiempo limitado

Rellene el cupón y envíelo a
Harlequin Reader Service®
3010 Walden Ave.
P.O. Box 1867
Buffalo, N.Y. 14240-1867

¡Sí! Por favor, envíenme 2 novelas de amor de Harlequin (1 Bianca® y 1 Deseo®) gratis, más el regalo sorpresa. Luego remítanme 4 novelas nuevas todos los meses, las cuales recibiré mucho antes de que aparezcan en librerías, y factúrenme al bajo precio de $3,24 cada una, más $0,25 por envío e impuesto de ventas, si corresponde*. Este es el precio total, y es un ahorro de casi el 20% sobre el precio de portada. !Una oferta excelente! Entiendo que el hecho de aceptar estos libros y el regalo no me obliga en forma alguna a la compra de libros adicionales. Y también que puedo devolver cualquier envío y cancelar en cualquier momento. Aún si decido no comprar ningún otro libro de Harlequin, los 2 libros gratis y el regalo sorpresa son míos para siempre.

416 LBN DU7N

Nombre y apellido	(Por favor, letra de molde)
Dirección	Apartamento No.
Ciudad	Estado Zona postal

Esta oferta se limita a un pedido por hogar y no está disponible para los subscriptores actuales de Deseo® y Bianca®.
*Los términos y precios quedan sujetos a cambios sin aviso previo.
Impuestos de ventas aplican en N.Y.

SPN-03   ©2003 Harlequin Enterprises Limited

DESEO

Intento de seducción

CAT SCHIELD

London McCaffrey había hecho un trato para vengarse a cualquier precio. El objetivo era uno de los hombres más influyentes de Charleston, pero el impresionante piloto de coches Harrison Crosby se cruzó en su camino como un obstáculo muy sexy.
Él desató en ella un torrente de deseo que la atrapó en su propia trama de engaños.
¿Se volverían contra ella esos planes minuciosamente trazados desgarrándoles el corazón a los dos?

Bianca

Estaba decidido a protegerla...

DESATINOS DEL CORAZÓN

Julia James

Tia se quedó horrorizada cuando el imponente Anatole Kyrgiakis regresó a su vida exigiendo que se casara con él. Seis años atrás, la había dejado con el corazón roto... Por mucho que ahora lo deseara, no volvería a cometer el mismo error. Pero Tia estaba unida al poderoso griego por algo más que por la pasión... ¿se atrevería a confesar el mayor secreto de todos?